超《スーパー》伝奇小説
書下ろし
マン・サーチャー・シリーズ⑯

菊地《きくち》秀行《ひでゆき》

魔界都市《まかいとし》ブルース
影身《うつしみ》の章《しょう》

NON NOVEL

祥伝社

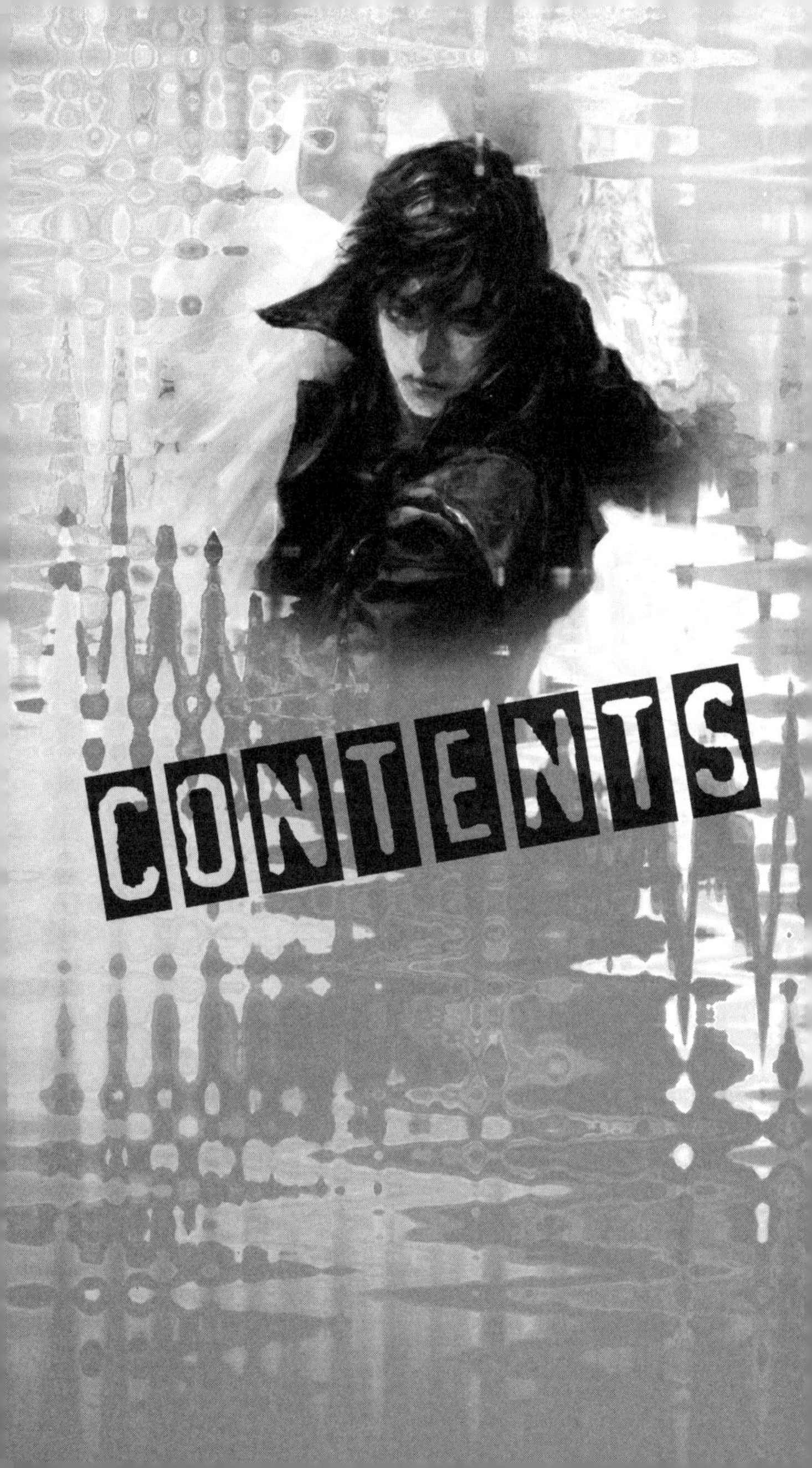
CONTENTS

カバー&本文イラスト／末弥　純
装幀／かとう　みつひこ

二十世紀末九月十三日金曜日、午前三時ちょうど——。マグニチュード八・五を超《こ》す直下型の巨大地震が新宿区を襲った。死者の数、四万五〇〇〇。街は瓦礫《がれき》と化し、新宿は壊滅《かいめつ》。そして、区の外縁には幅二〇〇メートル、深さ五十数キロに達する奇怪な〈亀裂〉が生じた。新宿区以外には微震さえ感じさせなかったこの地震は、後に〈魔　震《デビル・クエイク》〉と名付けられる。

以後、〈亀裂〉によって〈区外〉と隔絶《かくぜつ》された〈新宿〉は急速な復興を遂《と》げるが、その街を産み出したものが〈魔震〉ならば、産み落とされた〈新宿〉はかつての新宿であるはずがなかった。早稲田《わせだ》、西新宿、四谷《よつや》、その三カ所だけに設《もう》けられたゲートからしか出入りが許されぬ悪鬼妖物がひしめく魔境——人は、それを〈魔界都市〝新宿〟〉と呼ぶ。

そして、この街は、哀しみを背負って訪れる者たちと、彼らを捜《さが》し求める人々との物語を紡《つむ》ぎつづけていく。あらゆるものを切断する不可視の糸を手に、魔性《ましょう》の闇を行く美しき人捜し屋《マン・サーチャー》——秋《あき》せつらを語り手に。

未帰還児童

1

「いなくなってから半年の間、〈警察〉と探偵、人捜《さが》し屋さんに依頼しました。あなたが最後の頼みです」

「そりゃ、あたしはいい母親じゃないよ。でもさ、この半年、必死で捜したんだ。園長さんも一緒になって汗流してくれた。でも、もうあんたしかいないって、みんなが言うんだ。お礼これしかできないけど、何とかお願いします」

　こうして、秋《あき》せつらは出動した。

　写真を見せ、

「名前は三沢塔樹《みさわとうき》。七歳。左顎《あご》に大きな黒子《ほくろ》がある。いつも口ずさんでる歌は、『シルエット・ロマンス』」

　返事は――一言。

「知らんなあ」

であった。

　ついに〈新宿〉一の情報屋・外谷良子《とやよしこ》までが、

「知らないわねえ、ぶう」

と答え、それからこうつけ加えた。

「この子のことはそれだけだけど、ここ一、二週間、同じくらいの子供の失踪事件が二件起こってるよ」

　新聞もＴＶも嗅《か》ぎつけていないという。子供たちの名前と住所を聞いてせつらは急行した。

〈高田馬場《たかだのばば》三丁目〉。久我野水男《くがのみずお》宅。

　憔悴《しょうすい》しきった母親が、突然頰《ほお》を染めて、

「保育園にいたのに消えてしまったのです。先生も他の子供たちも、一緒に遊んでたのに、ほんのちょっと眼を離したらもう見えなかったって。でも、みんなで一斉に眼を離すなんてことがあるんでしょうか。誰かが嘘《うそ》をついているんだわ。あの、もしよかったら、うちの子も捜してください」

〈山吹町《やまぶきちょう》〉大迫不二子《おおさこふじこ》宅。

マンションの一室で昼前から酒臭い両親が声を合わせて、

「あの餓鬼《がき》ゃ、いつも家へ帰って来たがらねえんだ。そう言や、ここ一週間くれえ顔見てねえと思ってたら、そうかい、こう言っちゃなんだが、せえせえしたぜ」

「あたしは一応捜したんだけど、学校から帰ってすぐいなくなっちまったのよお。台所へ来て、そしたらすぐ、玄関のチャイムが鳴ってさ。面倒だから、あの子に行かせたの。そしたら、それっきり。誘拐じゃないよ。身代金払えって言って来ないもんねえ」

やって来た相手の顔はもちろん見ていないし、娘が応答したかどうかもわからないという。

「お酒を？」

と訊《き》くと、亭主のほうが、

「おお。飲んでたぜ。悪いか？」

「悪い」

「この野郎」

と胸ぐらを摑《つか》みかけた手指が、ぱらぱらと床に落ち、それから血と悲鳴が噴《ふ》き上がった。

管理人の下《もと》を訪れた。

初老の管理人はカレンダーで日付を確認して、

「その子かどうかわからんし、時間も確かじゃないけどね、そのくらいの子が男と出てくのは見たよ。顔は覚えてないが、あんたみたいな黒いコートを着た、身長も二メートルくらいあったよ。女の子は別に嫌がっちゃいなかったね」

マンションを出ると、外谷良子から携帯がかかって来た。

「こんちわ、ぶう。たった今、失踪した子がいるよ。住所は〈内藤町《ないとうまち》〉の××――急げ急げ、ぶうぶう」

楽しい声援を受けて、せつらはタクシーに乗った。

平日の正午を過ぎたばかりの住宅地には人通りも

少なかった。

坂巻研次《さかまきけんじ》の家の前では、近所の主婦たちがたむろして、通りの左右を見つめていた。彼女らなりに案じているのだ。

たちまち陶然《とうぜん》となった女たちは、よくしゃべってくれた。

せつらが外谷からの連絡を受ける少し前、研次が黒いコート姿の男と、この先の角を曲がる姿を、コンビニ帰りの二人が目撃した。

「男の人の顔？　ちらと見たような気もするけど——あなたみたいな……そんな……素敵な顔じゃあ……なかったわ」

「特徴がなかったのかしらねえ。研ちゃんは大人《おとな》しく付いて行ったわよ。誘拐だったら、抵抗してるか、薬で眠らされるかしてると思うな」

どうやら、子供たちは、笛吹かぬハーメルンの鼠取《ねずみと》りに従って行ったらしかった。

児童の失踪は〈新宿〉に多発する事件のひとつだ。単なる営利誘拐はこの中に含まれない。ある日、人知れず、或《あ》るいは衆人環視の中で忽然《こつぜん》と姿を消した子供たちは、時折帰還する少数を除いて、二度と帰って来ない。ハーメルンの笛吹きが導《みちび》いた霧と闇の彼方《かなた》については、〈新宿〉中の科学者が脳を灼《や》き切るほどに思考したものだ。異次元、異世界というのは簡単だが、そこへ到達するのも帰還するのも、人間はいまだ成功していない。

ほんの時たま、児童が消える寸前、一緒にいた人物が目撃されているが、これも正体不明だ。

満艦飾《まんかんしょく》の道化師、身の丈《たけ》三メートルに達する巨人、和服姿で白髪の老婆——これら異世界への道案内人は、誰ひとり発見されていない。

そして今、黒ずくめの男。

そのとき——坂巻家から、母親らしい女性が現われ、通りを見渡した。

きつい美貌《びぼう》だ。

それが軟泥《なんでい》のように崩れて、せつらを迎え入れるまで、一分とかからなかった。

女性は研次の母親で加奈子《かなこ》。研次は小四。引き籠《こ》もりだった。

今日も、朝食を自室で摂《と》り、母親——加奈子が家事をしていると、昼近くに玄関のチャイムが鳴った。

大急ぎで出たセキュリティ・システムのモニターには、おかしなことに誰も映っていなかった。悪戯《いたずら》かと家事に戻ったら、すぐにまた鳴った。モニターは無人だった。

普通の主婦なら決してドアは開けないし、心配症なら警察へ連絡するところだが、勝ち気な加奈子はドアを開けた。やはり、いない。

気味悪さより怒りが先に立った。キッチンへ戻って研次の昼食をこしらえていると、二階のドアが開いたような気がした。

ちょうど、支度《したく》の終わった昼食のトレイを持って二階へ上がった。


ドアは閉まっていた。

ノックしても返事がない。鍵はかかっている。ドアの音は気のせいで済むし、何度ノックしても応答がないのもいつものことだったが、嫌な予感と、合鍵を使って開けた室内に研次がいないのは異常事態だった。

家の中を探し、外へも出てみた。ちょうど、仲のいい奥さん連中が通りかかったので、目撃の有無を尋《たず》ねてみた。

警察へと中へ入り、連絡してから、もっと訊こうと戻って来たところで、せつらと会ったのである。

加奈子の話を聞いてから、引き籠もり具合に変わったところはなかったかと、せつらは尋ねた。

「いいえ」

と加奈子は首をふり、すぐに、

「そういえば、朝食を届けて帰るとき、歌声を聴《き》いたような気がします」

研次の好きだった歌で、『フロント・ダンス』という曲であった。

「ステップが愛《いと》しい人の匂いがする風を運んで来るという歌詞でした。引き籠もりになってからは絶えて耳にしていませんでした」

「朝から楽しいことがあった——或いは待っていた。心当たり、あります？」

はっきりと首を横にふって、

「黒いコートの人って——誰なんでしょう？　チャイム鳴らしたのは、その人だと思います？」

「わかりません」

「あなたみたいな綺麗《きれい》な人だったら、付いて行くのも納得できるんですけれど」

「引き籠もりの原因は？」

「学校での虐《いじ》めです。犯人たちは処分されたんですが、研次の受けた精神的な傷は治らなかったようで」

「家から出たいと言ってました？」

「そんなことありません。いつも家族みんなで笑い合ってたし、学校や友だちのことも、ちゃんと話してくれるし。あたしも夫も、いい親だという自信があります」

「虐められたこともすぐに？」

「それは——」

沈黙に落ちた母親を残して、せつらは立ち上がった。曇り空は墨色を呈していた。


猟奇殺人事件の一報が〈新宿TV〉からもたらされたのは、せつらが坂巻加奈子と会話している最中だった。

〈天神町《てんじんちょう》〉のマンションに住む主婦、三峰多起子《みつみねたきこ》の部屋から悲鳴が上がったのを隣室の、こちらも主婦が聴きつけ、護身用の麻痺《まひ》銃を持って駆けつけたところ、室内で倒れた多起子の上に黒いコートの男がしゃがみ込んでいた。麻痺銃を向け、手を上げなさいと命じた。同時に男がふり向いた。主婦はその場で失神し、数分後、異常に気づいた管理人と別の住人が二人を発見した。

主婦はすぐ失神から醒《さ》めたが、多起子は死んでいた。管理人は警察へ連絡してすぐ、部屋にあるERM（緊急用再生装置）をつかったが、多起子は戻らなかった。後に判明したことだが、その心臓は血一滴流さず体内から消えていたのである。驚くべきことに、心臓につながっているはずの血管はすべて——恐らくは切断部分で——つなぎ合わされていた。とは言っても、最初からこうであったのではないかと思うほど、接合痕《せつごうこん》は発見できなかった。

加奈子と別れてすぐ、ニュースを確認したせつらは、黒い男に注目した。

すでに警察が駆けつけた現場近くの、主婦たちに話を聞くと、多起子の息子——小学六年生の進一《しんいち》が、一年前、行方不明になっていたことがわかった。

「一年くらいになるかなあ。三峰さんが小学校へ迎えに行くと、進一くんはお昼過ぎ——零《れい》時半くらいに黒いコートを着た男の人と一緒に帰っちゃってたのよ。先生はおかしいと思ったんだけど、進一くんが平気で行こうとするので、この方どなたって訊いたら、いま家にいるオジさんと答えたから、放置してしまったんだって。多起子さんが来て、はじめて、誘拐だとわかったのね。すぐ警察へ、ってなったところで、教室にいる進一くんをガードマンが見つけたのよ。ところが完全に記憶を喪失してて、なに訊いても答えられなかった。黒いコートの男のことも何も覚えてないって答えたらしいわよ。本当なら警察へ届けるんだけど、多起子さんが嫌がって、無事に帰って来たんだから、周《まわ》りで変な噂《うわさ》を立てられたくない。絶対に他所《よそ》へ洩《も》らさないでくれって、学校に頼んだのよ。それで、無いことになったのね。あたし？　お祖母《ばあ》さんから聞いたのよ。この事件があってすぐ、亡くなったけどね。多起子さん、結構おしゃべりで、他の人にも話してたかもしれないけど、あたしの知る限り、知ってる人はいないわね。あたしは誰にもしゃべってないわよ。あなたは別よ。それにしても、遅いわねえ、あの子」

恍惚《こうこつ》の溜息《ためいき》を洩らす主婦に礼を言って、せつらは、進一の学校へ向かった。家族は他に海外出張中の父親ひとり。帰国は早くても明日以降になるだろう。

ガードマン、校長の順に笑顔ひとつで籠絡《ろうらく》し、校長が呼び出した担任も、たちまち〝美貌術〟に負けた。はるな麗《うらら》と名乗ったのは、せつらと大差ない年齢の女性であった。担任は、せつらを見て、一瞬、戦慄《せんりつ》の表情をつくったが、たちまちとろけてしまった。表情の理由は黒いコートだろう。

「今、警察から電話を貰《もら》いました。お母さんのことを知らされて、警察が来るまで待って、教師をひとりつけて帰したんですけど、はぐれてしまって」

多起子が見つかってから、五〇分ほどが経過している。少年が学校にも家にもいないのは異常事態と言えた。


二人がいる応接室へ、この時、男性教師が入って来た。

「はるな先生――三峰進一が、いつの間にか教室に帰ってますよ」

失礼しますと立ち上がった担任をせつらは追わなかった。男性教師ともども巻きつけた妖糸《ようし》は、必要な情報をすべて伝えて来るはずであった。

廊下を渡り、階段を上がる足音が続き、二人は教室へ入った。

二本の糸が、教室を渡って状況を知らせた。

他の児童たちが人垣をこしらえた中心に、進一は腰を下ろしていた。

「どうしたの、三峰くん――お家《うち》へ帰ったんじゃなかったの？」

駆け寄って訊いても返事はない。少年は虚《うつ》ろな――恐らくは一年前と同じ――表情のままだ。はるなは周りの児童たちに、いつどうやって帰って来たのか尋ねたが、みな顔を見合わせて、わかんない、気がついたらいたよ、と言うばかりだった。

もう一度、話しかけようとすると、進一は不意に立ち上がった。

「あいつが来る」

子供とは思えぬつぶれた声でつぶやいた。

「あいつ——誰か来るの⁉」

はるなの眼の前で、少年は立ち上がり、止める暇《いとま》もなく、ドアの方へと走り出した。

途中で男性教師が抱き止めた。

「放して。先生も連れてかれるよ」

二人の教師は顔を見合わせた。一年前と今日の状況からして、子供の逃げ口上《こうじょう》とは思わなかったのである。

不意に男性教師が手を放した。骨まで食い入る痛みを、手首に感じたのだ。

進一は声もなく教室をとび出した。虚ろだったはずの顔は、恐怖に歪《ゆが》んでいた。

2

せつらは少し驚いたかもしれない。男性教師から進一に移した妖糸を操《あやつ》る前に、彼のほうから応接室へととび込んで来たからだ。

「助けて——あいつが来るよ！」

走り寄る肩をひとつ叩《たた》いて、

「お任《まか》せ」

と言うなり、せつらは校庭に面した窓の方へ向かった。

窓を開けるや、進一を小脇に抱《かか》えて軽く床を蹴《け》って、校庭上空に舞い上がり、数秒後には、外の道路に着地していた。

「凄《すげ》えや⁉」

進一は眼を白黒させている。上履《うわば》きをはいているが、ランドセルも何もない。正《まさ》しく着の身着のままだ。

「どうして、応接室へ来た」

「何か――誰かそこにいる人が助けてくれそうな気がしたんだ」

異世界のものに取り憑《つ》かれた少年には、この世界の異形《いぎょう》のものがわかったのかもしれない。

「母さんは亡くなった。父さんはこっちへ向かってる」

とせつらは言った。

「先生から聞いたよ」

少年は肩を落とした。涙は出なかった。そんな場合ではないという認識の力だ。

「あいつが殺《や》ったんだ。次は僕だ」

声が震えはじめた。せつらの実力を見て、人心地《ひとごこち》が戻って来たのだ。

「君の他に、そいつに連れ去られた人間《ひと》を見た？」

進一は眼を細めて記憶を辿《たど》ったが、すぐに、わからないと答えた。

「いたような気もするけど、そうじゃなかったような気もする」

「いたような気がするのは、どんな人間？」

また眼を閉じて数秒――

「わからない。ぼんやりしてて」

「そいつは何故《なぜ》、お母さんを？」

「――理由は――ある。でも――ああ、今はわからないよ」

前方に据《す》えた顔が、突然、身体《からだ》ごと通りの一方を向いた。

「来た」

紙のような声と右手が道の奥を差した。

黒いコートに包まれた長身は、せつらより頭ひとつ高かった。

「逃げる」

せつらは進一の背を通りの反対側へ押した。

少年は走り出した。逆《さか》らいもしなかった。黒いコートの男は、それほどの魔性《ましょう》なのだ。

奇妙な感覚がせつらを捉《とら》えた。天と地がその位置

を変え、右と左が入れ替わる。そこにいながら、せつらは舞い上がり、同時に落ちていった。

「異次元の敵か——いいや、〝神隠し〟」

ある日忽然と子供や動物や物体がこの世から跡形もなく消滅し、ついに戻って来ない。その限りない曖昧《あいまい》さ、不確実さ、無惨さから、古《いにし》えの人々は、それを神の仕業《しわざ》として、この名をつけたという。

——持っていかれる
はっきりと感じた。そして、二度と戻っては来られない。

相手もそれは理解していた。

この世界の邪魔ものは、すべて異相の空間へ送ってしまう。そして、戻ることはない。

だが、敵は眼を剝《む》いた。眼前の美しい若者は消えないではないか。何処《どこ》が今までと違うのか⁉

こちらも異様な風を感じて足を止めたとき、サイレンをまとってやって来たパトカーが二台、正門へ折れる寸前で停止するや、各々《おのおの》二名——計四名の制服警官が路上へ降りた。

「子供をどうした？」

ベネリの自動式ショットガンを肩づけした警官が、こう尋ねたのは、せつらにであった。進一と宙へ舞ったのを誰かが目撃していたのか。

「そっち」

とせつらは黒い男を指さして、微笑した。

恍惚と警官はふり返り、男に銃口を向けた。

「子供はどうした？」

同じ質問をした。男の顔は、何処かの異民族が木か岩に彫《ほ》った彫刻のように、現実味に乏《とぼ》しかった。眼にも鼻にも口にも、生命の生々《なまなま》しさがない。

男は両手を上げ、左方の警官二人に手の平を向けた。

「動くな」

それが合図のように、男は手を叩いた。一回きりの拍手。

警官二名とパトカーが消えた。最初からなかったような静謐《せいひつ》さが残った。

声もなく、残り二名のベネリが吠《ほ》えた。大口径銃の重い銃声が空気を攪拌《かくはん》する。

男にもコートにも傷ひとつつかなかった。弾丸は空中で消えてしまったのだ。

合わせたままの両手の平が開いた。

せつらの妖糸が走り――消えた。切断された感覚はない。見ることも触《ふ》れることもできない世界に存在しているのだ。

無効――と判断するより早く、せつらは小学校の塀《へい》の中へと跳《と》んだ。男と反対側へ塀に沿って走る。

石塀が人体大のサイズで次々に消えていった。

「拍手魔か」

走りながら右手を壁の方にふった。

じき、塀の消滅部分が自分と並ぶ。
五、六メートル走ったとき、言いようのない感覚が吹きつけて来た。
十五、六メートル先に、子供用の天体観測ドームが建っている。
五感が爆発するような感じが襲って来た刹那《せつな》、ドームに糸を巻きつけ、せつらは意識を失った。

気がつくのに一秒と経《た》っていないと体内感覚が教えた。あとは滅茶苦茶《めちゃくちゃ》だった。

立とうとすると足から上昇し、右へバランスを移すと左へと落ちていく。全身が同時に数方向へ回転し、必死で嘔吐《おうと》をこらえた。

「大丈夫ですか？」

駆け寄って来たのは、はるな教諭だった。せつらの背に手を廻《まわ》して支えた。

息が荒いのは、走ったせいばかりではなかった。

「ご安心」

せつらは柑橘《かんきつ》系の香りと女性教師を押しのけた。

「――あの――三峰くんは？」

「それですよ」

せつらは跳躍して塀を越えた。進一の上体に結んでおいた妖糸は無反応だ。また消えたに違いない。

路上には誰もいなかった。

「効いたかな」

黒コートの男の位置を勘《かん》で判断し、その足下へ一《ひと》塊《かたまり》の妖糸を放ったのだ。

「〝糸投網《いととあみ》〟」

妖糸は網のように広がり、男の全身を絡《から》め取った。通常の網はこうやって獲物を絡め取るが、こちらの網はその内部《なか》で動くものをすべて切断する。

血の一滴も付いていないが、あの奇怪な感覚を放ち、せつらの追撃を中止した以上、効果はあったはずだ。痛覚に違いない。

パトカーも警官もいなかった。

通行人は、いつもと変わらぬ正門の前を、何も気づかず通り過ぎるだろう。奇々怪々としかいえぬ死闘であった。

なお無惨な錐《きり》もみ感覚に襲われ、せつらは倒れたくなった。かろうじて立ち姿を維持できたのは、四方の電柱や木立ちに巻きつけた妖糸の力であった。


進一はいない。

「やれやれ」

完全な敗北を意識しながら、操る糸まかせで歩き出す。

次に遭遇したとき勝利し得るかどうか、自信はさらさらなかった。

その足で、〈高田馬場〉にある古い〈廃墟《はいきょ》〉を訪ねた。

物静かな住宅街の一角に広がる一〇〇坪ほどの瓦《が》礫《れき》の原は、〈第二級安全地帯《セカンド・セフティ・ゾーン》〉に分類される。

だいぶ前、その真ん中に二階建てのプレハブ住宅が建った。住民は騒いだが、〈区〉の承認を受けているとかいう話で、やがて収まった。怪事が生じはじめたのは、それからである。

会社の往《ゆ》きには確かにあった建物が、帰りには消えている。瞬《まばた》きすると逆さまにたっている、近づいたら、周囲の光景が何もかも歪み、地面に突然大《おお》孔《あな》が出現し、よろめいて確かにそこにあった瓦礫に手をつくと、石と石の裂け目に吸い込まれかかった——〈第一級安全地帯《ファースト》〉の証明が与えられない所以《ゆえん》であった。

訪れたせつらをひと目見て、分厚《ぶあつ》い片眼鏡《モノクル》をかけた家主は、

「自分の眼を信じるな。おれの胸の薔薇《ばら》だけ見ろ」

それに従って、せつらは広い居間に通された。外見は石の組み合わせだが、内部は超高級ホテルのようだ。

「背の高いコート姿だろ？」

家主がこう訊いたのは、自分とせつらの前に、コーヒーとほうじ茶のカップを置いてからだ。

名前は物来留達人《ものくるたつと》——もちろんモノクルは必要に迫られた品だ。

「そうそう」

うなずくせつらの美貌からは、異次元の疲れが抜けていない。

「知ってるだろうが、この街には異世界異次元の住人がやって来ることも多い。そいつらの目的は、自分たちの世界を垣間見《かいまみ》た人間の拉致《らち》だ。このところ増えている〈区民〉喪失の根もそこにある」

「でも」

せつらの異議に、

「戻ってそのまま暮らしている連中も確かにいる。だが、彼らは誰ひとり、もうひとつの世界のことを、一片も口にしないだろ。多分、そういう約束をして来たんだ。お蔭《かげ》でおれの研究はちっとも進まない。これでも〈区長〉にプライベートで家賃を払ってるんだぜ」

「いつか天罰」

「——ノッポとやり合ったのか？」

「敗北」

物来留は、さもあらんという感じでうなずき、

「いくらおまえでも相手が悪い。よく助かったもんだ。おれの研究が的《まと》を外《はず》しちゃいなければ、あいつ

は異世界最後の刺客だぞ」

「へえ」

「今度捜しに来た相手は誰だ?」

「小六の男の子」

「子供にゃ重い運命だな。だが――」

「ニュース見た?」

「ああ。〈天神町〉の主婦か。あの心臓の具合は間違いなく異次元の住人の仕業だ。しかし、彼らは目標以外の人間には手を出さない。おれの調査では、その女が〝向こう〟へ行ったことはない」

「犯人は別人かな?」

「そう考えるのが無難だな」

「あのね。あいつらを斃《たお》す武器が欲《ほ》しい」

と切り出した。

「ない」

「えー」

天を仰《あお》ぐせつらを放《ほ》ったらかして、しばらく――

「武器はないが、防禦策《ぼうぎよさく》はある」

「それじゃあ何も」

「同じ土俵に立つことはできるがな。つまり、向こうの刀に切られると痛いが、向こうもこっちの槍《やり》で刺されれば、ぎゃあだ」

「それいいね」

せつらは喜んだ。

物来留はピンで止めてある胸の薔薇を外した。青銅製である。

「これをつけておけよ。どういうふうになるかはわからんが、とにかく互角にやれるはずだ」

「どーも」

「三〇万」

「高いなあ」

「生命《いのち》がかかってるんだろ?」

「うん」

うなずくせつらに、

「じゃあ、五〇万だ」

「ちょっと」

「これだけ払えば、絶対死なないように努力するだろう。第一、これを渡したら、おれが危なくなる。ま、他にも撃退用の呪文《じゅもん》は心得《こころえ》てるがな」

「ありがとう」

せつらは怨《うら》みがましく言った——つもりが、茫洋《ぼうよう》としか聞こえない。

「なんのなんの。それより、子供は見つかったのか？」

「いや」

「異次元の事件に関わるというのは、意外と向こうとこちらに縁がある場合が多い。フィフティフィフティの確率だ。また出くわすぞ。そのときが危険だ」

「気をつけるよ」

せつらは右手を上げた。

「その子供に会えたら、おれに連絡してくれ。大変な研究材料だ」

「五〇万」

「この野郎」

と眼を剝いたが、せつら相手は慣れているらしく、すぐに、

「ま、一杯飲《や》れ」

湯呑《ゆの》みからひと口飲んで、

「不味《まず》い」

とせつらは言った。


家へ戻ると、夕闇迫る〈秋せんべい店〉の前に、はるな教諭が立っていた。

六畳間へ入った。

「どうしても気になって。お仕事の邪魔にはなりません」

「もう邪魔です。今度の敵はおっかない」

「ごめんなさい。すぐに帰ります。三峰くんがどうなったのか、知りたくて」

「見当もつきません」

答えたとき、チャイムが鳴った。

「どなた？」

インターフォンは、こう返事をした。

「あの――僕、昼間会った三峰進一です」

3

六畳間――〈秋人捜しセンター《DSM》〉のオフィスにやって来た少年は、明らかに疲れきっていた。

あのノッポから逃れて、今まで何をしていたのかは、どう考えても思い出せないと言い、気がついたらオフィスの前に立っていたとつけ加えた。

「因縁《いんねん》だ」

せつらは二人に聞かれないように、ぼんやりとつぶやいた。

「どうしたらいいんでしょう？」

はるな教諭が眼を伏せたまま訊いた。

「本来なら警察へ行くんでしょうけど、何か無駄なような気がするんです。三峰くんを見ていると、頼りになるのは、秋さんだけのような」

進一が何度もうなずくのを、せつらは横目で見て取った。

「母さんは、あいつに狙《ねら》われていた？」

キツい質問だが、進一は自分を甘やかさなかった。

「ううん、全然」

「――となると、母さんは本来、標的じゃなかったんだ。それをどうして？」

考え込んだのだろうが、はためには眠そうにしか見えない。

せつらは湯呑みを取って、ひと口飲った。

「美味《うま》い」

はるな教諭が、この上なく嬉《うれ》しそうな笑《え》みを結んだ。お茶は彼女が淹《い》れたものであった。

すぐに笑みを隠し、隅のモニターを見て、

「あの、ニュースを見てもいいですか？　いつも見てるんです――あら？」

いつの間にか、せつらはスマホを凝視《ぎょうし》していた。

契約しているサービス会社が、事件が起こるごとに、送信してくるのだが、こいつは特別だ、と判断すると、バイブレーションを使うのである。

スマホを手に取ると、モニターが生き返った。

顔馴染《なじ》みのキャスターが頭を下げ、

「〈新小川町《しんおがわまち》〉のマンションで、奇怪な殺人事件が発生しました」

と告げた。

見終えてから、

「〈メフィスト病院〉へ」

と言い置いて、せつらはすぐ立ち上がった。

〈新宿警察〉近くの喫茶店「4ディメンション」に入ると、途中で連絡しておいた朽葉《くちば》刑事が待っていた。

「心臓泥棒の目撃者は？」

せつらは開口一番に訊いた。

「いないよ」

ぼさぼさの手入れなし頭に、〈新宿警察〉一と言われる辛気臭《しんきくさ》い表情をぶら下げた〈殺人課〉の刑事は、いつもよりやる気がなさそうに見えた。疫病神《やくびょうがみ》を背負った幸運児の綽名《あだな》にふさわしく、内臓のほとんどは人工で、担当する事件では必ず瀕死《ひんし》の重傷を負うが、首の皮一枚残して助かり、彼に危害を加えた相手はもちろん、その家族、関係者にまで不幸が降りかかり、同じ〈殺人課〉のエリート――〝凍らせ屋《スパイン・チラー》〟屍刑四郎《かばねけいしろう》からも、おれに近づくなと警告を受けている。

せつらとは妙に馬が合い、署内のよき情報提供者《インフォーマー》だ。

ちびた「しんせい」を咥《くわ》えたまま、

「〈天神小学校〉から子供を誘拐したんだってな」

と言っては、咳込《せきこ》んだ。

「その肺も喉《のど》も人工だろ。どうして――」

「咳が出るってか？　運命って奴《やつ》の呪《のろ》いだよ」

「カッコいい」

せつらは無邪気に手を叩いた。はしゃぐ天使とはこれだ。サングラスをかけていながら、朽葉は気が遠くなった。

「子供はどうした?」

「無事」

「あんたがついてりゃそうだろ。小学校でおかしな奴とやり合ったらしいな。塀を台なしにされたと校長はカンカンだぞ」

「児童のため」

「へいへい」

「で、訊きたいのは、心臓の件」

「ああ。そっくり抜かれてたよ。血管一本切らず、肋骨《ろっこつ》一本折らないままな」

「血管はくっついてた?」

「やっぱり知ってたか。しかし、昼間は三七歳の主婦、夜は九二歳の婆《ばあ》さん。犯人《ホシ》は同じじゃなさそうだな」

「そのお婆さん——初谷咲子《はったにさきこ》さんの家族で、以前失踪した者は?」

「いない」

きっぱりと返って来た。

進一は関係ないが、犯行の手口といい、何処かに共通点がある。それを集めたとき、何が姿を現わすのか?

「〝予言課〟は何と言ってる?」

これは署内の正式な課名ではない。呼びもしないのに署へ押しかけ、勝手に予言とやらを口走っていく老人の綽名だ。ただの罪のないフーテンかと言うとそうでもなく、予言の三割くらいは的中するから、署でも放っておけず、出動前に必ず、それを聞く奴らが星の数ほどもいる。

「〝帰り道は遠かった〟だとよ」

「歌のタイトル?」

「そう言やそうだな」

同じ頃、〈メフィスト病院〉の緊急搬送口から〈救命車〉が一台入り込んで来て、待機していた看護師たちのストレッチャーへ五人の急患を乗せた。

「おかしいな」

と救急隊員がパソコンを見つめながら首を傾《かし》げた。

搬送された患者は五人――ひとり足りないのだ。

黒いコートを着た背の高い男としか思い出せない。乗せたのは確か――

〈救命車〉の記録を見ればいいと思い、隊員は忘れることに決めた。


はるな教諭と進一は、獄房《ごくぼう》の一室にいた。〝獄〟というのは綽名で、絶対外出禁止の重篤《じゅうとく》な患者が入るための部屋である。

二人で夕食を平らげながら、進一が訊いた。

「僕は何にも覚えてない。なのに、口止めに来るっておかしいや」

「本当ね」

相鎚《あいづち》を打ったものの、はるな教諭は少年の異常さに気がついていた。

ふと眼を離して戻すと、左右の手が逆だ。もう一度やると、元通りである。

今もハンバーグをパクついている表情は、まるで木に彫られた彫刻だ。

――この世界の人間なの？

少し浮かんだ思いを、はるな教諭は即座に否定した。この街には、その空気を吸い、食事を摂《と》るのがふさわしい人や物が集まってくる。〈門《ゲート》〉の外では生きることを決して許されぬものたちが。

この部屋に入ったとき、白い院長も付き添ってくれたのだが、そのとき進一の眼を見、脈を取っただけで何もしなかった。廊下へ追って状態を訊くと、

「異常ない」

と答えたきりである。せつらが連絡してくれたものか、

「ここにいる限り、安心したまえ」

のひとことで、はるな教諭の不安は消しとんでしまった。進一にもそう伝えたら、たちまちリラックスした。食事も進んでいる。

だが――

急に彼はナイフとフォークを置いた。

その眼を宙に据えて、

「あいつが来た」

と言った。はるな教諭の心臓が、どんと鳴った。来る、ではない。来た、と少年は言ったのだ。

ベッド脇の緊急コールへとんだ。プッシュしたとき、そいつは部屋の中にいた。

三メートルもありそうな身体を包む黒いコートの上で、面長《おもなが》な顔が見下ろしていた。木彫りのような表情に、進一のそれが重なり、はるな教諭は血が凍った。

「あなた……誰？　何しに来たの？」

男は無言で進一に近づいた。


「やめて！」

夢中で男の腰にすがりついた。同時に、緊急コールに応じ、天井の麻痺《まひ》銃《じゅう》が男に照射された。これを無効と見たAIはレーザーに替えた。真紅《しんく》の光が頭部を射《う》ち抜いても、男は傷痕ひとつ残さず、進一に両手をのばして来た。

その先で、進一の姿が空中に呑まれた。はるな教諭は失神した。


せつらが〈メフィスト病院〉を訪れたのは、進一の消失から数分後であった。はるな教諭から状況を聞き、やって来たメフィストを、藪《やぶ》医者めと罵《ののし》った。

「しかし、侵入を許したのはこちらのミスだが、三峰くんは連れ去られたわけではない」

「ん？」

「緊急コールと同時に監視モニターが作動した。彼は侵入者が手を触れる前に消えている。自らの意志か外部からの強制によるものかは不明だが」

「どう思う?」

「消える寸前の表情から見て、自発的なものだろう。彼にも次元操作の能力があるのだ」

「何処へ行った?」

「そこまではわからんな」

　メフィストは、ふと何か思い出したかのように、せつらを見た。

「ん――?」

「君のところへ突然現われたと言ったな」

「ああ」

「それは引き合っているからだ。また現われるだろう」

「黙って待っちゃいられないんだ」

　せつらは低く、うーんと唸《うな》った。

　唸った者がもうひとりいた。

　まさにその時間に、朽葉刑事は第三の心臓摘出事件の勃発《ぼっぱつ》を告げられたのである。ただし、今度の犠牲者は、七五歳――介護ホーム入所中の老人であった。

　せつらは家へ戻った。はるな教諭が一緒であった。また進一が戻って来るなら、ここしかないと主張したのである。せつらがOKした理由はわからない。案外、情熱に打たれたのかもしれないし、いれば便利だと思ったのかもしれない。

　そこへ、朽葉から電話が入った。用向きは言うまでもない。

　電話を切って、

「今度は七五歳の老人。失踪の過去はなし」

　こう告げると、はるな教諭は、

「――犯人は、三峰くんを追いかけている奴とは別人だと思います」

「どうして?」

「さっき〈病院〉で会ったときの感じです。気を失ってしまったけれど、怖くはありませんでした」

それは彼も感じていたことだった。

〈天神小学校〉での戦闘時、異次元の闘志は感知したものの、恐怖や戦慄は感じなかったのである。残《ざん》虐《ぎゃく》な殺人を行なう奴ではない——そう思ったとき、携帯が鳴った。

「おれだ」

切迫した声は物来留であった。せつらが応じる前に、

「今、おまえのところへ向かってる。あいつが来たんだ」

「はあ」

「資料を調べてたら、『ラスコー洞窟《どうくつ》』の壁画にヒントがあった。最近、調査隊が発見したものだから、一般にはまったく知られていない。描かれていたのは、焚火《たきび》の周りに集まっている人々だ。問題は次の絵だ。その下に忽然と現われた背の高い黒衣《こくい》の男と、のけぞる人々がはっきりと描かれている。身につけた衣裳《いしょう》と近くに置かれた槍や動物の姿からして、同じ人々に違いない。恐らく、黒い男がそいつだ。いや、同じ奴かどうかはわからない。境遇が同じだけかもしれない」

「境遇？」

「絵文字がついてたんだ。訳すとこうだ。〝この人は、胸の中のものを取りに現われる。道に迷って、家へ帰るために〟」

「家へ帰る？」

「奴らは、自分たちの世界から逃亡したものを捕らえに来る。戻りたくない彼らをだ。しかし、自分たちが、この世界で迷ったら——」

「帰るために、心臓を？」

「多分——間違いない。向こうの世界の帰還法なんて、おれたちにゃ理解できないんだ。おれたちも、願いごとするときにゃ、お札《ふだ》やお守りを買うだろう」

「それが心臓？　でも、それならもっと手当たり次第に」

「そのとおりだ。今回の事件は明らかに犠牲者を選んでいる。何か理由があるんだ。だが、今はわからない。知りたければ、奴らに訊くしかあるまい」

「うーむ」

「奴はさっき、おれの研究室に現われた。防禦妖術で何とか撃退したが、次はわからない。不意討ちをかけられたらひとたまりもないからな」

「何処へ向かってる？」

「おまえの家だ」

「僕の家？」

「奴を斃すのは、あの護符《ごふ》を持つおまえしかいない。ああ、渡すんじゃなかった。おれが殺《や》られたら、おまえのせいだ」

「えーっ」

「いいか――」

と言った声が、悲鳴に変わった。重々しい音が耳の中で爆発し、呼びかけても返事はなかった。

恐らく、敵は、自分たちの研究をしていた物来留の存在に気づいたのだ。

せつらは〈警察〉へ電話し、事故の場所を告げただけで切った。

「大変ですね」

とはるな教諭が声をかけて来た。

「どいつもこいつも」

普通なら吐き捨てる台詞《せりふ》だ。口調からすると、せつらもそうだったらしい。迫力はまるでない。

「ひとりかと思ったら二人――あなたの推理が」

声はここで切れた。はるな教諭が悲鳴を上げた。

戸口にまた立っていた。

4

木彫りの顔が、せつらを見下ろし、右手を差し出した。

「なに？」

と尋ねるせつらの声にも姿にも緊張感はない。

「下がって」

とはるなに言った。

はるなはうなずき、黙って立ち上がった――いきなり男に走り寄って、その手を摑んだ。短い悲鳴を上げて倒れた。

せつらは卓袱台《ちやぶだい》を廻って、抱き起こした。男はもういない。

頰を軽く叩くと、女性教師はすぐに眼を開けた。

異次元の存在に触れるとこうなるのか、顔の皮膚を通して、骨格がはっきりと見えた。

「どうして？」

せつらは訊いた。はるなの行動の理由がわからなかったのである。

糸のような声が、紙色の唇から洩れた。

「……三峰くんを……助けられるのは……あなただけだから……危ない目には遭《あ》わせたく……なかった……でも……あいつの目的は……あなたを殺すこと……じゃ……なかった」

「へえ」

これにはせつらも驚いただろうが、まるで他人事《ひとごと》だ。

「……次の……犠牲者を……教えに……来て……くれた……のよ」

「――何処の誰？」

「〈富久町《とみひさちよう》〉の……酒下鮎《さかしたあゆ》……」

「何故狙われる？」

「……生まれたときの……星辰《せいしん》が……同じなの……早く……助けに……三峰くんは……まだ捕まってない……」

ここまで言って、はるな教諭は動かなくなった。妖糸を這《は》わせて心臓が動いているのを確かめてから、せつらは近所の交番へと走った。居合わせた警官へ、

「〈メフィスト病院〉へよろしく」

と預けて、その場でタクシーを拾って〈富久町〉へ向かった。

スマホ情報によれば、酒下鮎は一七歳の女子高生であった。建売住宅住みである。妖糸で探《さぐ》ると、祖母と両親と兄、姉の六人家族であった。せつらは何もしなかった。星辰だの異次元の怪人だのと言っても、どうしようもないし、何処へ逃げても男は追って来るだろう。

せつらは疑われないように家を見張ることにした。

鮎は今、湯船につかっていた。一七歳の生々しい映像は糸が伝えて来たが、せつらは何の感慨も示さぬように見えた。

不意に鮎がバスタブから跳《は》ね起きた。

バスタオルを巻きつけ、居間へと走った。注目する家族に、

「来るわ！」

と叫んだ。

この娘も進一と同じだったのだ。

しまったと思ってもいないようなのんびり声で、

「しまった」

とつぶやき、せつらは家の方へ走った。

出た、と糸が伝えて来た。

居間の戸口に、そいつは現われた。

携帯の緊急コールを押す。〈警察〉と〈救命車〉に直通だ。五分足らずで駆けつけるはずだ。助けを求めるつもりはなかった。事後処理用だ。

男には目標がわかっていた。家族が手当たり次第に投げつける品は、すべて男の身体を通り抜けて、背後の壁と襖《ふすま》に命中した。

右手が鮎の方へのびた。

父親が鮎を突きとばして庇《かば》った。

男の手は父親の胸に吸い込まれた。

くけ、と喉を鳴らして父親は仰向けに倒れた。男の手は自然に抜けた。心臓を摑んでいる。放り捨てて、鮎に迫った。

少女の悲鳴を、眼前の光景が断ち切った。

男の右手首から先が落ちたのだ。この状況で、鮎と家族が眼を見張ったほど滑《なめ》らかな切り口であった。

男はふり向いて、庭に面した壁へと走った。

そこを通り抜けると、せつらの待つ庭であった。

「お初に」

挨拶《あいさつ》と同時にせつらは混沌《こんとん》の中にいた。

眼の中に音が聞こえ、鼓膜《こまく》に像が閃《ひらめ》いた。

何か黒っぽい、色彩《いろ》とも言えない色彩が靄《もや》みたいに近づいて来る。あらゆる方角から。

せつらの意識は正常を保っていた。

そいつに巻きつけたひとすじの妖糸も健在であった。

容赦《ようしゃ》なく断《た》った。奇怪な手ごたえに悪寒《おかん》が走った。

おびただしい席と人々が眼にとび込んで来た。劇場のホールのように見えた。せつらは舞台の上にいた。

異様などよめきが叩きつけられた。人々の驚きの表情が、突然、恍惚の色に染まった。

どよめきは喘《あえ》ぎに近い溜息に変わっていた。

「あんた――誰？」

かたわらでのけぞっていた、派手な衣裳の男が、虚ろな声で訊いた。英語である。手に長いマイクを持っていた。

「ここは何処？」

とせつらは英語で訊いた。

「ラスベガスの『シーザーズ・パレス』さ。〝全米ハンサム・コンテスト〟の決勝戦の最中だよ。あ、あんた――特別出場者かい？」

驚きと疑惑に固まっていた声も、もはやとろけている。会場はとっくに溜息の湖だ。

「失礼」

舞台の端へ歩き出そうとするところを、司会者が前に廻って止めた。

「待ってくれ——あんたみたいな二枚目を見ちまったら、もうコンテストの意味がないんだ。あんた——トロフィーと賞金を受け取ってくれよ」

「は？」

司会者は会場へ向かって、

「特別出演だが——今ここでその枠を作る。優勝は彼だ！」

まばらな拍手が上がった。みな恍惚のあまり、それどころではなかったのである。

どういうつもりか舞台に留《とど》まったせつらが、黄金のメダルと賞金一〇万ドルの小切手を受け取ったときも、贈られたのは熱い呻《うめ》き声ばかりであった。

異世界の男と戦った当日の晩であった。舞台の上に出現したのは、異空間に呑み込まれたと同時であった。その足でせつらは空港へ向かい、朝いちのジェットでロサンゼルス国際空港へ渡り、日本へ帰国したのである。税関のチェックは、笑顔とお願《プリーズ》いのひとことで事足りた。


〈早稲田《わせだ》ゲート〉から入った〈新宿〉は翌日の午後であった。

〈亀裂〉を渡るなり、朽葉とメフィストから連絡が入った。

「〈富久町〉の家族は父親以外は無事だった」

と朽葉は言った。彼が駆けつけたとき、庭へ出た侵入者は姿を消し、居間で落とされた彼の手も失われていたという。異世界で閃いた妖糸は、敵を両断していたのだ。

メフィストからの電話は、物来留が健在だという知らせだった。

「交通事故だが、ぶつかった相手がよかった——かもしれん」

珍しく奥歯にものが挟《はさ》まったような物言いに、問い詰めてみると、

「当人に訊きたまえ。連絡を取りたがっている」

と病室を教えてくれた。あとでかけてみると、ぶつかった相手は外谷良子であった。衝突時点の異様

な音はそのせいだったのか、とせつらは納得がいった。どちらも軽傷だったという。メフィストも、撥《は》ねられたとは言わなかった。

　せつらはまず、〈メフィスト病院〉で物来留に会った。

〈富久町〉での出来事を語ると、包帯だらけの顔をほころばせて、

「それはよかった。あのお守りが効いたな。だが、まだ終わりじゃないぞ」

　と言った。

「進一って子供が残ってる。まだ、こっちと向こうをさまよっているだろう。まだ追われてるんだ。それを食い止める方法は今のところない。ひとつ気になるのは――」

「はあ」

　話を終えて病室から出て来たせつらは、少しも変わらぬ茫洋としたふうで、〈十二社《じゅうにそう》〉の自宅へと向かった。

　はるな教諭はまだ留まっていた。

「ご無事でしたか？」

　せつらを見ての第一声であった。頬を染めている。

「学校は？」

「三峰くんの捜索ということで有休を取りました」

〈新宿〉ならではの教育システムである。生徒と教師の結びつきは、〈区外〉とは比《くら》べものにならない。学校からは必要経費も下りる。

「三峰くんはどうなったのでしょう？」

「わかりません」

　とせつら。

　少年の生と死は、せつらと遠く離れていた。距離は無限であった。せつらはそれでも捜し出さねばならなかった。

「きっとまた、現われると思います。私のところへではなく、あなたの下へ。あの子が信頼しているのは、あなたなのですね」

それきり、進一の消息は絶え、追跡者の噂も聞こえなくなった。

その日の午後、別件で〈歌舞伎町《かぶきちょう》〉を訪れていた。

〈旧噴水広場〉は出店の森だった。

最も見物人が集まっていたのは、高さ二メートル半ほどの、柩《ひつぎ》を思わせる木箱であった。表面には可憐《かれん》な美女の顔とドレス姿が描かれている。

なにやらしゃべっていた香具師《やし》が蓋《ふた》を開けると、悲鳴に近い声が上がった。内部は赤い毛氈《もうせん》が敷き詰められていたが、問題は蓋の内側にびっしりと植えつけられた鉄の刃《やいば》であった。

「さあ、これから本物の〝鉄の処女〟がどういうものなのか、みなさんにご覧に入れましょう。どなたか入ってみる気のある方は――ないでしょうなあ」

どっと笑いが上がったのは観光客だろう。〈区民〉には見慣れた見世物だ。

「しかし、見るだけではあまりにも芸がないし、〈新宿〉の見世物らしくもありません。ひとつ、みなさんの身の毛もよだつ真の〝鉄の処女〟をご覧に入れましょう」

彼は右手を上げた。柩の陰から美少女がひとり現われた。まさか、と人々が息を呑んだ。

「いくら〈新宿〉といえど、娘ひとりを惨殺しては只《ただ》では済みません。これは合成人間――人間と同じ動きをする人形でございます。今からこれを使って、〝鉄の処女〟の真の姿をみなさんの前にさらしてご覧に入れましょう――おい」

香具師に促《うなが》され、少女はためらいもなく恐怖の柩に身を入れた。

蓋をぎりぎりまで閉め、香具師は、人々の視線が集中するもうひとつの品――柩の横にもたせかけられた大きな木槌を持ち上げて、柩の前でふり上げた。

「合成人間とはいえ、痛みは感じます。それはいい声で泣きますよ――では!!」

「やめて！」

女の声が上がったが、木槌は叩きつけられた。蓋が本体にぶつかり――打撃音が高々と上がって――消えた。

「悲鳴はどうした⁉」

「いなくなったんなら手品だぞ！」

客たちのそんな野次《やじ》がはじまる前に、香具師は木槌を捨てて柩に走り寄って、蓋を引き上げた。

当然上がるべきどよめきは、呆気《あっけ》に取られた声に変わった。

柩からとび出して来たのは、小学五、六年生と思《おぼ》しい少年であった。合成少女もいる。だが、刃は少年の身体を貫《つらぬ》いて止まったのか？

少年が人混みを掻《か》き分けるようにして走り出すと、もう一度、今度は自重で蓋が閉まった。そして次の瞬間、黒服の大男がそれを押し開いて現われ、逃げまどう人々を尻目に少年を追いはじめたのである。

言うまでもない、少年は進一で男は追跡者であった。追っかけっこは、まだ続いているのだ。

出店の間を縫って進一は走り、黒い男は追い続けた。

彼らは通過した。せつらの前を。

男の長身は鳩尾《みぞおち》のあたりで二つに分かれ、まとめて地面にぶつかる前に消えた。

進一がふり返って、消滅と――せつらを見た。その眼に光るものがあった。すぐに顔を戻し、少年は足を止めずに、走り去った。


戻って来たせつらからこの話を聞くと、はるな教諭は、〈メフィスト病院〉のベッドの上で、やっぱり、とつぶやいた。

「もう戻っては来ません」

と言ったのは、いつかの進一の顔を思い出したからである。

「それじゃ」

と背を向けたせつらに、女性教諭はこう続けた。

「ひとつ謎が残っていませんか？」

「あの男が、あなたの家へ来て、もうひとりが狙っていた犠牲者のことを教えてくれた理由です」

「はあ」

回答を知っているとも見当もつかぬともいうような美貌へ、

「理由が伝わって来ました。彼は、あなたの美しい顔に恋してしまったのです」

フリークス

1

木暮泰三《こぐれたいぞう》の贔屓《ひいき》は〈歌舞伎町《かぶきちょう》〉のショー・パブ「フリークス」であった。

　この〈区外〉では決して許されぬ店名の店は、正《まさ》しく異形《いぎょう》のものの舞台《ステージ》を売りにするショーパブの中でも最悪の趣味の一軒として、〈区外〉にも盛名《せいめい》を馳《は》せていた。

　その日の零時《れい》近く、烏賊《いか》人間と雷獣人《らいじゅうじん》のショーが終わると、泰三は息子の行久《ゆきひさ》をロビーに残して、トイレへ消えた。

　トイレを出て来ると、そこに立つ人物と、手にした拳銃を見て、眼を丸くした。

「おい、よせ。気でも――」

　その胸に二発の九ミリ弾が射《う》ち込まれた。消音器《サイレンサー》のつぶれた銃声は、誰の耳にも届かなかった。胸を押さえながら、泰三は犯人を見つめた。その顔面に続けざまに五発が射ち込まれた。

　その日、せつらに持ち込まれた依頼は、典型的なもののひとつであった。

　恋人を求めて〈新宿〉へ姿を消した妹を見つけ出してほしい。

　妹の名は神永冬香《かみながとうか》。二一歳。兄は春吾《しゅんご》であった。

　冬香は半年ほど前の夏、〈新宿《しんじゅく》〉からやって来た男と知り合って恋に落ちた。家族はみな反対した。〈魔界都市〉のイメージは、〈区外〉の人間にとって、なお恐怖と戦慄《せんりつ》の対象だったのである。

　しかも、冬香はいずれ男と結婚し、〈新宿〉の住人になると主張した。ところが、三カ月ほど前のある日、事情は一変した。勤め先から戻って来た冬香はひどく落ち込み、塞《ふさ》ぎがちになって、家族が扱いあぐねているうちに姿を消したという。

　相手の名前も顔も住所も不明であった。家族たちが反対した第二の理由である。勿論《もちろん》、家へ連れて来たこともない。

「家の者はこうなると予想していたのです。ただ妹が追いかけて行くとは思いませんでした。〈新宿〉へ行くとメモを残して姿を消してから三カ月になります。こちらの警察へも連絡しましたが、埒《らち》が開きません。それで――」

家族の同意は得ているという。

せつらは引き受けて、資料を受け取った。

春吾が帰ってから、せつらは何故《なぜ》女たちが身ひとつで〈新宿〉へ来るのか考えた。〈区外〉で罪を犯した者たちにとって、〈新宿〉はある意味〝逃《のが》れの町〟である。悪霊妖魔《あくりょうようま》が跋扈《ばっこ》する〈魔界〉は、容易に官憲の捜査を受け容《い》れない。

一方で、来るべきでない者たちもやって来る。

〈区外〉で与えられる環境に浸《ひた》っていさえすれば、平凡だが波風立たぬ一生を送れるはずの者たちが、〈ゲート〉をくぐって〈魔界〉に足を踏み入れる。

女が多い。

理由は？

〈新宿〉の住人に恋焦《こ》がれて。

圧倒的な理由であった。

彼らの眼差《まなざ》しが、声が、肌をかすめる指先が、〈区外〉の者を虜《とりこ》にする。

〈区民〉たちは、知らぬ間に、魔性《ましょう》の気配を帯びているのだった。

せつらはいつも同じことを思い、いつも呑《の》み込んでしまう。

「望む結果は出ない」

と。

それでも、彼は捜《さが》しに行く。

その思いが覆《くつがえ》るかもしれないからだ。

冬香がひとつだけ残した言葉がある。

ユッちゃん。

それは誰も知らぬ〈区民〉の呼び名だった。

せつらが考えた冬香の相手は、女たらしで裕福な家柄の若者だった。

順当に推理すれば、女を惚《ほ》れさせて捨てていくのに慣れている男だ。ちゃん付けで呼ぶ以上、歳《とし》は近いに違いない。冬香が金に困っているふうはなかった。付き合いの費用は男が負担したのだ。

冬香が男の素性《すじよう》を知っていたかどうかはわからない。そうだったとしても、嘘《うそ》だという可能性のほうが高いだろう。

しかし、まず冬香の行き先である。

写真はなかなかの美女だ。〈新宿〉の魔物に魅了《みりよう》されなければ、平凡な世界で引く手あまただったろう。それがよくわかっていたから、父親は悲しむよりも怒り狂っているという。

いなくなって二カ月——戻って来ないとなれば、絶望のあまり自殺したか、相手の住所も名前も出鱈《でたら》目《め》で見つけ出せないまま、なおも捜し続けているかだ。或《ある》いは、最後の選択肢《し》——殺されたか。

金は持って出たらしいが、いつまでも続くものではない。〈新宿〉にいるならば、まず住居を確保するだろう。ふた月となれば、アパート代も馬鹿にならない。住み込みの職場を捜すはずだ。ついでに衣食も節約できる場所を。

「見たことないわねえ」

当たったクラブやバーのママたちはこう口を揃《そろ》えた。寮も仕事用の衣裳《いしよう》も貸与《たいよ》となればそれなりの店である。

その条件に当て嵌《は》まってもランクが落ちる場合もあるが、それにはかなり危険な店も含まれる。

客筋はもちろん、店自体の問題だ。スタッフにも客にも死霊《しりよう》、悪霊《あくりよう》が憑依《ひようい》している店、妖物《ようぶつ》が棲《す》みつく店。ホステスは油断できない。いつ頭から貪《むさぼ》り食われるかしれないからだ。店によっては、商売繁盛のために、ホステスを生贄《いけにえ》に捧《ささ》げるところもある。

この類《たぐい》は何をやらかしても、まず口を割らないが、せつらにはどうということもなかった。

じっと見つめて、少しお義理で笑い、

「教えて」

と言えばいい。小首でも傾《かし》げてみせれば盤石《ばんじやく》だ。

三日間の目算は総崩れであった。

「うーむ」

とつぶやいたとき、春吾から連絡があった。伝え忘れたことがあって、〈新宿〉まで来たという。〈区外〉からの連絡はすべて〈亀裂《きれつ》〉で遮断《しやだん》されてしまう。

〈四《よ》ツ谷《や》駅〉近くの喫茶店であった。

「特技について何もお話ししていませんでしたが、妹はギターが得意でした。全日本のコンテストで、一位になったこともあります」

「好きな曲は?」

と訊《き》いたのは、多分に気まぐれだったかもしれない。

「オーラ・リー《AURA LEE》」

「へえ」

「見つかりそうですか?」


春吾は追いつめられたように訊いた。自慢の妹なのだ。

「残念」

「祖母と母は心労で寝込んでしまいました。一日も早く見つけてください」

「僕も言い忘れていました」

春吾は不安を表情に乗せた。

「調査というものは、望む結果は出ないものです」

「………」

「同じ姿で戻っても、元気で明るくて『オーラ・リー』が得意な妹さんはもういません。それは覚悟なさい」

「また来ます、この街へ」

こう言って、春吾は去った。

せつらはそのまま〝盗み聞き〟をはじめた。

店中に放った妖糸《ようし》が伝える客たちの声を指先に感じるのである。

――〈新小川町《しんおがわまち》〉の〝ゴミ食い虫〟が外へ出たら

しいな
——〈弁天町《べんてんちょう》〉のホームレス・タウン、マーケット開催が中止になったそうだ
——〈気球住宅〉、また五〇個ばかり増えるとよ。日当たりが悪くなるぜ。テロリストが動き出したそうだ
——次の〝〈区長〉選〟に、北神《ほくしん》病院の娘が出るらしい。ひと騒ぎ起きるぜ
ガラス扉が開く音と駆け込んで来た足音が〝盗み聞き〟を中断させた。

店内を見廻《まわ》し、一気にせつらのテーブルへと突進してきたのは、一〇歳ほどの少年であった。ぼさ髪とぼろ服からしてホームレスだ。

店内にいる全員の予想どおり、ガラス扉はもう一度開いて、長身の男たちを招き入れた。ソフトにオーバー、下はスーツにネクタイ。雰囲気と眼が悪党と告げている。

先頭のひとりが店内を見廻し、

「これから人を捜す。ガタガタするんじゃねえぞ」

と脅《おど》しをかけた。

「おい、何をするつもりだ」

客のひとりが訊いた。

「コソ泥の捜索だ——いたぞ！」

せつらを指さした。

先頭の男はしなやかな足取りでせつらの方へやって来た。プロらしい。

「助けて」

と少年はせつらにすがりついた。人を見る眼はある。

「待ちな」

と声をかけたのは、残る二人のうち、ひときわ精《せい》悍《かん》な顔をした男であった。右の頬《ほお》に傷がある。

最初の男が足を止め、ふり向いた。

「放《ほ》っとけ」

と傷のある男が言った。これで凄《すご》まれたら、どんな妖物でもすくみ上がりそうな声だ。

「どうしたんだ、兄貴?」

最初の男の声は、どこかゆるんでいた。せつらを見たせいだ。

「いいから戻れ。こんな餓鬼《がき》ひとりのために、生命《いのち》を捨ててもはじまらねえ」

「何だって? おれがこんな生っちろい色男にやられるってか? おい——」

「秋《あき》せつら」

と傷《スカー・フェイス》のある男は言った。声に岩が詰まっていた。緊張という名の岩が。それは最初の男の凶気も鎮静させた。

「その顔、その格好《かっこう》——間違いない。おれでさえ頬が赤くなりそうだ。しかも——」

細い眼がある光を帯びた。

「とんでもねえ技を使うと聞く。鉄板ならともかく鉄の塊《かたまり》まで真っぷたつにする技とやらを、な。そして、逆《さか》らうものは女子供すら容赦《ようしゃ》をしないとか。いつか——いいや、近々見せてもらいたいものだ」

ちら、と少年を見た。彼はすくみ上がった。

「行くぞ」

身を翻《ひるがえ》す男の後を、もうひとりと、少し遅れて最初の男が追った。最初の男の顔には憎悪《ぞうお》の残り滓《かす》がこびりついていた。

次に店に響いた声は、

「ありがとう、助かったよ」

であった。

「財布すろうとしただけなんだぜ。しかも、しくじっちまったのに、変に根に持ちやがってさ。じゃ、な」

とガラス扉の方へ走り出し、途中でふり向いた。

「いまカラケツで礼もできねえけど、今度会ったら、何かするよ——じゃ、な」

それこそ、ネズミみたいなスピードと敏捷《びんしょう》さで出て行った。

女店員がふらふらとやって来て、せつらの顔を見ないようにしながら、

「お客さん——凄いなあ。あんなオッカない連中を、指一本動かさないで追い返しちゃうなんて」

「どーも」

「あの子も運がよかった。こんなところまで出張してスリなんかやるから——でも、あなたがいてくれてよかったこと」

「出張？」

「あたし、近くに住んでるから知ってるんだけど、あの子の縄張《なわば》りは、〈弁天町〉なんです。そこの廃《はい》墟《きょ》にひとりで暮らしてるみたい。あの調子じゃ、〈新宿〉中を稼《かせ》ぎ所にしてるわね」

「あの三人は？」

「知らない。〈区外〉から来たやくざか何かじゃないの？」

「確かに」

喫茶店を出ると、せつらはふと思いついて、〈歌舞伎町〉にあるショーパブ『民謡《みんよう》』へ向かった。


掃除中の店内で、カウンターの向こうにいるマスターが、あわてて駆けつけて来た。

そっぽを向いて、

「また会えて嬉《うれ》しいがよ、早く出てってくれや」

「どして？」

「見りゃわかるだろ。店のスタッフがみんなヘナヘナだ。一昨日《おととい》のときもそうだった。ようやく元に戻ったと思ったら、またかよ」

せつらはふり向いて、男女ペアの店員に、冬香の写真を見せて、

「この娘を捜しに来た人はいなかった？」

と訊いた。

金鈴《きんれい》のような声は、店員たちをますますよろめかせた。

「おい、この間も——」

「今日は顔触《ぶ》れが違う」

「そうか、シフトが違うんだ。悪《わり》イ悪イ——おい、どうだ？」

「来ましたよ」

喘《あえ》ぐような声は女性スタッフのものだった。

「ひと月以上前に、いかにも暴力団ふうの連中が、違う写真を持って——」

「知らないと言うと、ギターが得意だって」

「何処の暴力団？」

「あれ暴力団と違う」

中国訛《なま》りの声は男性スタッフのものであった。

「バッジでわかった。僕の国の犯罪集団——『血鷲』——ブラッド・イーグル——よ。絶対関わり合っちゃいけない連中ね」

2

中国でもその名を知る者は、その道のプロしかいないと言われる〝血鷲〟とは、暗殺専門に特化した殺人集団で、依頼があれば世界の何処《どこ》へでも忍び入って任務を達成する。

「狙《ねら》われたら、絶対に助からないね。どんな護衛つけても駄目《だめ》。その女の人も、いずれ殺される。ううん、今日までの時間を考えたら、もうとっくに——」

「死体はどうする？」

「その場に放って逃げるね」

「襲う場所は？」

「必ずひと目につくところ。でも、誰もすぐには気づかない。特別な殺し方すると言われてる。こう、針とか毒薬とか」

「危《やば》そ」

来訪者はひと組だったという。

自分のことをそいつらが訊きに来たら、遠慮なくしゃべってくれと告げて、せつらは店を出た。向こうから接触させる手を考えたのである。三日間も歩き廻れば、せつらの動きは、もう相手方に伝わっているはずだ。

外へ出ると、〝ぶうぶうパラダイス〟へ連絡を入れた。

「〝血鷲〟の雇《やと》い主は？」

打てば響くように返って来た。

「『地頭興業《じとうこうぎょう》』だわさ」

「誰をぐっさり？」

「今んところはわかんないわさ。〝血鷲〟の雇い主に損をさせようとしてる会社のトップだね」

「何処何処《どこどこ》？」

「わからんちん」

〈新宿〉一の女情報屋に聞こえないよう、役立たずデブと口走りながら、せつらはある場所へと向かった。

〈弁天町〉の廃墟へ近づくにつれ、〈区〉のマークが入ったブルドーザーやパワーショベルの車体が幾つも近づいて来た。

その周囲で青い制服姿と住人らしい連中が揉《も》み合っている。

「退去せんか、こら！　ここは〈区〉の方針でサファリ・パークが建設されるのだ」

「通達は三カ月前にしてあるはずだぞ」

制服組のそんな言い草に、

「おれたちはもう何年越しにここで暮らしてきた住人だぞ。それを何の保障もなく放り出そうってのか」

「舐《な》めんなよ、梶原《かじわら》。今夜からてめえの自宅に帰らねえほうがいいぞ」

「空から爆撃してやる」

と抗議する人々へ、まず水が、続いて催涙《さいるい》ガスが射ちこまれた。

頭からずぶ濡《ぬ》れになり、水流にのたうち廻る人々は、眼を押さえつつ後退した。

「ほうれ、続けろ。ゴミ・ホームレスどもをひとり残らず放り出してしまえ」

制服のリーダーらしい男がこう喚《わめ》いた瞬間、銃声が轟《とどろ》き、そいつは後頭部から大量の血と脳漿《のうしょう》を撒《ま》き散らしてのけぞった。

素早く身を伏《ふ》せたひとりが、

「〈弁天町〉のホームレスが拳銃を使いました。応戦許可願います！」

どんな権限の主にかけたのか、

「了解——反撃開始」

と叫ぶや、制服組の連中は、ホームレスの群れに銃火を浴びせはじめた。

血と空薬莢《からやっきょう》と悲鳴が上がり、人々は次々に倒れた。

「テロ顔負け」

とせつらはつぶやいた。

反撃の銃声が轟き、制服組も何人かが倒れたとき、
敷地の端《はし》に、一台のリムジンが乗りつけた。ベンツに違いない。

助手席から、オーバー姿の男がひとり、蒼天《そうてん》の下にとび出し、制服組の方へ走り出した。

新しいリーダーと何やら話し合い、リーダーが、

「射撃中止」

とマイクで叫び、男にマイクを渡した。

「〈弁天町〉住人のみなさん——私は『宝《たから》土地開発』の代表取締役の大遭《だいそう》と申します。ついさっき、〈区役所〉からこの土地を買い上げました。この辺一帯は、これまでのとおり、みなさんの生活区域としてご利用くださって差し支《つか》えありません」

「本当か？」

幾つも同じ声が上がり、大遭は右手を上げた。

空中に巨大な書類の一ページが浮かび上がった。契約書と大書《たいしょ》された文言《もんごん》の次には、確かにいま彼が叫んだ内容が綴《つづ》られ、梶原〈区長〉と宝土地開発の判が押されていた。

どよめきが上がり、感きわまったすすり泣きもあちこちで生じた。

制服側はもう撤収に取り掛かっている。

ヘルメットを被《かぶ》った中間管理職らしい女性に近づ

き、せつらは、

「急な事態ですね」

ちら、とせつらを見た瞬間、女は魔法にかかった。その首からぶら下げたＩＤカードに、土地管理主任・高木日出子《たかぎひでこ》とある。

「ほ、本当にね」

虚《うつ》ろな声で、

「また〈区長〉が買収されたのよ。賄賂《わいろ》よ、賄賂。あの金権野郎」

「あの会社は、ここの土地買収に関係してた?」

女は首を傾げてから、自信なさそうに横にふった。

「そんな話は聞いてないわね。ホームレスにおいしいこと言ってたけど、どうせ食い物にするつもりよ。彼らのことを、まともに考える連中なんていやしないんだから」

「でも、この土地を狙ってる連中はいる」

「ええ。地頭興業って暴力団よ。自分たちは表へ出ないで傘下《さんか》の戸塚《とづか》土地開発ってところが動いてるらしいわ。〈区役所《うち》〉が手に入れてから、リベートを使っていやらしい店ばかり出すんじゃないの」

「すると、さっきの会社は恨《うら》まれるね」

「それはねえ。社長が誰だか知らないけど、いい度胸してると思うわ」

「助かります」

「こんなこと、〈区役所〉なら誰でも知ってるわ。気にしないで」

かすかな笑《え》みで女をふらつかせ、せつらは現場を離れた。

大通りには出ず、細い路地をぶらついていくと、小さな寺の門前に出た。石門に「圓福寺《えんぷくじ》」の表札が嵌《は》めてある。

せつらが吸い込まれてすぐ、三個の人影が現われ、

「この中だ」

「追いかけるぞ」

と、短い石敷きの参道へ駆け込んだ。全員、トレンチコートである。

数分後、本堂の前に顔を揃えて、

「いないぞ」

「何処へ消えた」

と首を傾げ、右手の林の方を見上げたひとりが、あっと声を上げた。

松の大枝にかけてこちらを見下ろしているせつらに気がついたのである。一瞬、恍惚《こうこつ》としたのも束《つか》の間《ま》、

「いたぞ」

のひと声には充分な殺気がこもっていた。

三人の視線が集中したが、地上六メートルの樹上ときては正直、手の打ちようがなかった。

「おのれ」

と全員が歯がみしたとき、黒いコートの美神は、音もなく地面に降り立ったのである。それは西欧の絵画に描かれた天使の降臨とも思われた。

「何か?」

と天使は訊いた。およそ似合わぬ茫洋《ぼうよう》たる声だ。

「よく降りて来てくれたな」

と最も精悍な感じの男が労《ねぎら》った。男たちの雰囲気はむしろ静謐《せいひつ》であった。慣れているのだ、殺人に。

「〝血鷲〟の方?」

せつらの言葉に、三人は顔を見合わせた。自分たちのことを知っているという驚きと、知っていながらの、春先の風みたいな物言いに呆《あき》れ返ったのである。

だが、その眼差しはたちまち冷光を放ちはじめた。知っているだけだ、と結論したのである。名前は何処かで仕入れたが、おれたちの恐ろしさには無知だ。絶対の自信が三人の毛穴から噴《ふ》き出し、空気を攪拌《かくはん》している。

「海の向こうの殺し屋が、どうして僕の後を尾《つ》けてる?」

「ここ二、三日、うろつき廻ってるそうだな。誰に頼まれた？」

「面白い」

「何がだい？」

「普通は、目的は何だ、と訊く。そっちはもう知ってるんだ」

「………………」

「出て来てくれて手間が省《はぶ》けた。誰に頼まれた？」

すうと三人が動いた。

攻撃の距離を取るべく離れたのではない。寄ったのだ。足音ひとつたてなかった。

右の首すじに近づく鋭い感覚をせつらは意識した。

「うっ⁉」

低く呻《うめ》いて、後方の一人が右の手を押さえた。その先はなかった。迸《ほとばし》る自らの血の滝を受ける右手は、人さし指と中指の間に細い針をはさんでいた。

「テトロドトキシン」

とせつらはいった。フグの猛毒である。

「暗殺者」

と続けた。

今度は三人がとび下がった。指一本動かしたとも見えないのに、仲間が右手を失った。しかも、攻撃をかけ——仕留めたと二人も確信した。それなのに
——

せつらも——残る二人も動かなかった。どちらも相手の出方を——待っているのは男たちのほうであった。せつらは実はどうでもよかった。戦いはある意味先手必勝である。このセオリーなどせつらは忘れ果てたように、殺し合いどころか喧嘩《けんか》ひとつしたこともないように見えた。

〝血鷲〟たちは動揺した。ひとりが思いきり勢いをつけて跳躍し、五メートルも離れた地点で、拳《こぶし》を口に当てた。

ひと息で数十本の光るすじがせつらの顔面へ走った。毛のような針は風に流れもせず、真っすぐに迫

り、途中で四散《しさん》した。

同時に彼の首は血の噴水を噴き上げながら、後方へ落ちた。

「まいったまいった」

三人目はこう言って、後退した。

「暗殺屋が、正体をさらすもンじゃねえな。しかも、自分より凄《すげ》え腕利《き》きによ」

「逃げられない」

とせつらは言った。

男の表情が消えた。

「ひとり出血多量、ひとりは首がない。生き残ったのは用があるから」

その口調とは裏腹どころか、途轍《とてつ》もない凄絶《せいぜつ》な内容であった。どこかに自信を残していた男の表情が、怯《おび》えだけに変わったとき。門の外から複数の足音が近づいて来た。

次の瞬間、せつらの身体は宙に舞い、さっき腰を下ろしていた大枝に着地するや、そこから奥の松の間にとんで、姿を消してしまった。

残された男も、警官たちが広がる前に、素早く裏口へと走り、庫裡《くり》の向こうに消えた。


男は隠れ家にしている〈西早稲田《にしわせだ》三丁目〉の廃マンションに辿《たど》り着いた。ここを捜したのは雇い主である。ついてすぐ、男は凄《すさ》まじい震えと悪寒《おかん》に襲われた。病魔に骨の髄《ずい》まで侵《おか》されたような症状は、激しい嘔吐《おうと》も伴《ともな》った。あの美しい若者と対峙《たいじ》した数秒間の成果であった。ただし恐怖のせいか恍惚のせいかは、わからない。

「化物が」

こうつぶやいて、ソファに横たわったとき、携帯が鳴った。

雇い主からの経過報告の要求であった。

「しくじりました」

「――大失態だぞ、おまえたちを呼んだのは、別の敵を斃《たお》すためだ。それが嗅《か》ぎ廻るネズミ一匹始末できんで、済むと思うか？」

「面目《めんぼく》ありません。こちらは二人殺《や》られました」

「二人⁉」

と言ったきり絶句した。

「そいつの名は？」

「不明です。ただ、眼には見えない鋼線のような武器の遣《つか》い手です」

相手の気配が、ぎんと、凝縮した。

「秋せつらか――わかった。しくじりはやむを得まい。ただ、おまえひとりで勝てる相手とも思えん。依頼は中止する」

少し沈黙する間に、男は唇を嚙《か》んだ。血がしたたりはじめた。

「お役に立てませんで」

と彼は打ち切りを認めた。

「相手はどなた？」

とドアが言った。

男はふり向かなかった。驚いていないのではない。一瞬のうちに押しつぶしたのだ。

「尾けて来たのか？」

「〝血鷲〟という名前はかなり有名だけど、顔がない」

「当然だ」

「〈区外〉ではね」

と言った。

「けど、〈新宿〉なら幾らでも。〝血鷲〟のリーダー・針竜丈《しんりゅうじょう》」

男は眼を閉じ、低く笑った。

「おまえが誰の依頼で動いているのか知らんが、あそこでやめておけば、おれの心胆《しんたん》を寒からしめるだけで済んだ。だが、ここまで来た以上、もう生きては帰れんぞ」

男――針竜丈の唇が尖《とが》った。そこから迸ったものは針ではなかった。低く鋭い口笛であった。

「おや」

せつらは音もなく右へステップした。今まで背中のあった位置を、黒い光が貫《つらぬ》いて足下の床に突き刺さった。五〇センチにも及ぶ針だったが、問題はどう見ても、壁から吹き出されたとしか思えないことであった。

「〝針地獄〟、あるいは〝針の山〟。――この国の人間なら知っているだろう。そんなコート一枚では防げんぞ。次は全身を貫く」

「やれやれ」

せつらの溜息《ためいき》と同時に、テーブルが椅子《いす》が、ソファが彼を取り巻いた。針はすべて防がれた。

「やるな。だが足下は」

床面から垂直に突き出た針――しかし、せつらは空中にいる。

空中に、閃《ひらめ》きともいえぬ光が一閃《いっせん》して、
針竜丈の両腕は肩からとんで床に落ちた。

地獄の苦痛の中で、暗殺者は眼を剝《む》いた。血は一滴も出ていないのに。

「流れないように斬《き》った。指を鳴らせば出て来る。あ、痛みもね」

せつらはのんびりと言った。

「依頼人は誰だ？」

3

その晩、〈歌舞伎町〉のショーパブ「スコルピオン」に乗りつけた竹中友継《たけなかともつぐ》は、すこぶる機嫌が悪かった。

竹中は〈大久保《おおくぼ》二丁目〉にある土建屋「地頭興業」の社長であった。それが表の顔で、本業は暴力団「地頭組」だということは周知の事実だ。

左右の席についた二人のガードマンも組員である。

「あーら、怖い顔」

と贔屓の女・ミサトが言うなり、

「莫迦《ばか》女」

先に出ていたグラスの水を浴びて、ミサトは憤然と去った。

「代わりに、〈新宿〉一の美人を連れて来い。その辺のヘタレじゃ許さねえぞ」

ママがマネージャーに指示を与え、間持《まも》たせに席についた。
五、六分でしなやかな影がやって来て、
「いま入店したばかりのせつこです」

と席に着いた。その美貌《びぼう》。竹中はもちろん、子分もホステスたちも陶然《とうぜん》恍惚となった。

「え？」

とママがマネージャーを見ると、向こうもうなずいている。

「じゃ、お願いね、せっちゃん」

うっとりと頼んで、マネージャーのところで訊くと、いきなり入って来て、使ってくださいと申し込んで来た。あんまり美しいので、ぽかんとしていると、勝手にオフィスへ入り、衣裳を替えて、竹中の席へ向かったという。斡旋《あっせん》所との交渉も思わしくないところだったので、渡りに舟とマネージャーは納得した。

「とにかく、あれだけの美人――いくら〈新宿〉だってそうそうはいませんよ。任《まか》せてみましょうよ」

ママも納得した。化物か死霊の類かもしれないし、取り憑《つ》かれて出てったきり、二度と戻らなかった客もいるが、この際気にもならなかった。

あれだけの美人を侍《はべ》らせたら、暴力団の親玉も、自分がどうなろうと知ったことではあるまい。

竹中はそのとおりになった。せつこの出す水割を機械的に流し込み、たちまち出来上がった。止めるべきホステスや子分たちも脳の髄《ずい》までとろけている。

「社長さん――まだお金を儲《もう》けようとなさってるんですって？」

とせつこが訊いた。

竹中の頭の中には厚い霧がかかっていた。せつこの声はその向こうから謎めいた問いを運んで来た。

「お、おお。今度の稼ぎはでかいぜ」

しゃべっているとも意識しないおしゃべりであった。

「何処から入るお金？」

「あそこだ。〈弁天町〉のホームレス居住区だ」

「へえ。でも、別のところが買収したって聞いたけど」

「ああ。『宝土地開発』ってところだ。それとは別に、おかしな奴《やつ》もうろついてる」

「あーら、どんな人？」

「わからねえ、脅しに行った奴らは、逆に噛みつかれて、尻尾《しっぽ》を巻いて逃げ戻って来やがった。わざわざ海の向こうから呼んだのによ」

「社長さんのところって、〈区〉と結託してるんでしょ？　それをあっさり打ち崩すなんて、一介の不動産屋にできるの？」

「それは調べてみた。『宝土地開発』ってのは、『木暮ファイナンス』の子会社だ」

「あらー。あの古株の。なら、無茶もするわよね」

せつこの感動の声は、さらに竹中を霧の奥深くへ封じた。

「そこがおかしいんだ」

「あら、どして？」

「少し前に社長がショーパブの小屋で射殺されてから、その女房が後を継いでるんだが、餓狼《がろう》みてえな欲張りのくせに、何の挨拶《あいさつ》もなしで、人の仕事を横取りする奴じゃねえ。その辺のところがよくわからねえんだ。どっちにせよ、慈善事業をやる玉じゃねえ。後でホームレスどもに言いがかりをつけてくるに決まってらあな。偽善者野郎が」

「あそこの息子さんて、女癖《おんなぐせ》悪いんですって？」

「ああ、それは聞きたくなくても耳に入ってくる。あちこちで訴訟騒ぎになるところを、母親が金と脅しで何とかごまかしてるらしいな」

「へえ。最近も誰か？」

「――そこまでは、わからねえなあ」

「そう？　ありがとう」

せつこは素早く席をたった。

おい、待てよ、寝呆《ねぼ》けたような声を無視して、店の奥へと消えた。

女たちの控え室で、せつこはドレスを脱ぎ捨て、いもとのせつらに戻った。

店の外へ出て、通りを一〇メートルほど進んだところで、前方の路地から二つの人影が行く手を塞《ふさ》いだ。

竹中か用心棒役から連絡を受けた別の子分たちだろう。サングラスをかけている。

「何か？」

「女じゃなさそうだが、なるほどこりゃ色男だ。ナヨナヨされたら、どんな男でもおかしくなっちまうぜ」

右のひとりが言うと、左側のひとりも、

「ああ。社長はまだ女だと信じてるそうだ。いなくなってようやく、しゃべり過ぎだとわかったらしいぜ。無理もねえ。こいつを持っててよかったぜ」

サングラスに手をかけてから、拳銃を取り出そうとした。

右腕をつけ根から切断された二人の子分を通行人が発見したのは、数分後のことであった。

同じ頃、〈十二社《じゆうにそう》〉の自宅へ歩きながら、せつらは、

「慈善事業」

とひとことつぶやいた。

次の日の昼すぎ、〈区役所〉の一般食堂で梶原と会った。

「『宝土地開発』にはいくらで買収された？」

梶原は衣の厚そうなアジのフライを二つにしたばかりのナイフとフォークを止めて、

「こんなところで、おかしな言いがかりをつけんでもらおう」

と口走るように言った。低声である。

「調べはついてる。〈新宿TV〉へたれ込もうか?」

「どんな調べだ?」

梶原は苦い顔を隠さない。この美しい若者には、無駄と悟《さと》りきっているのだ。

「ホームレスを追い出して、あそこに娯楽施設を作れば、ざっと見積もって三〇〇億円の儲けになる。竹中からは幾らリベートを貰《もら》う約束だった?」

「………」

「ところが、急に横槍が入った。『宝土地開発』。あなたが三〇〇億円の稼ぎのうちから何パーセント頂戴《ちょうだい》したかは知らないが、一パーセントにしても年三億。まとめて一〇年分で三〇億——それを、あっさり反古《ほご》にするほどの金額が保証された——『宝』? あそこにそんな力はない。親会社の『木暮ファイナンス』が出した。何のために?」

「それは美味《うま》いかね?」

梶原はせつらの前に置かれたカツカレーの皿を見つめた。自分で注文し受け取るシステムだ。

「こんなものだね」

「ふむ、わしもこんなもので我慢することにしている。人生欲を出すとロクなことがない」

「おや」

とせつらは言った。この狸《たぬき》めと考えたのである。

「だから、次々に新しい話が持ち込まれて来れば、みな受けることにしている。面白いことに新しいもののほどよい条件なのだが、それはわしのせいではない。単に新しい条件を受けたら、たまたまそれがいちばんよかっただけの話だ。人生そこそこがいちばんだよ」

「なるほどね。じゃあ、その大金を提供する条件を教えてもらいたい」

「教えたいが——ない」

せつらの瞳の中に、?マークが点《とも》ったようだった。

「ない?」

「ない。土地を向こう一〇〇年、ホームレスのものとする。この条件の後ろに、どんな化物が隠れているのか、興味も関心もないね」

「慈善事業」

とせつらはつぶやいた。梶原の反応を見るための問いでもあった。

はじめて眉間に皺《しわ》を寄せて、

「そうなるな」

と言った。

「そういうタイプ？」

梶原の頭はゆっくりと左右にふられた。絶対的な否定がこもっていた。

「これから何か言って来るに決まっている。だが、契約書は完璧だ」

「誰かに脅された」

「あの母子《おやこ》がか？」

梶原はせつらの方を向き、あわてて眼を閉じた。

「亭主が殺されたと聞いたときも、驚いた顔ひとつ見せなかったという女房だぞ。倅《せがれ》は少しはマシらしいが、他人から見れば同じ穴のムジナだ」

「どーも」

せつらはこう言って、梶原を解放した。


ホームレス・タウンは、冬の緩《ゆる》やかな陽《ひ》ざしの中に静まり返っていた。ほとんどの連中が昼間は仕事に出かけていくのは、他の住宅地帯と変わらない。

もとは〈第一級安全地帯《ファースト・セフティ・ゾーン》〉に属する廃墟だったものを、〈区〉が瓦礫《がれき》を撤去した後に、多数のホームレスが移り住み、現在に至る。

せつらの目的は、トラブルの元の実地検分だ。そこに渦巻いている欲望の渦《うず》の中に、神永冬香も巻き込まれている――勘《かん》だ。

背後に車が、停《と》まった。

黒いベンツだ。見ないでもわかる。運転手の背後には本物のミンクをまとった六〇近い女がひとり。痩《や》せてはいるが、それなりに貫禄《かんろく》はある。子供の時分から、使用人にかしずかれてきた成果で、今でもひと睨《にら》みの服従強制が可能な人生を歩んでいる。

もうひとりは、ごつくて、もう少し毛深ければ、原始人の役がつとまりそうな顔立ちの男であった。

せつらには眼もくれず、二人はプレハブにまだ残る瓦礫の列の前で足を止め、居住区を見渡した。

「願いが叶《かな》ったね」

と女が涼し気な口調で言った。男を見て、

「気分がいいだろう？　ねえ？」

急に声をひそめたが、腰に巻いた糸からせつらの指には、はっきりとその内容が伝わって来た。女が続けた。

「幾ら使ったと思ってる？」

「…………」

「億単位だよ。嬉しいかい？　たかだかそれだけで、この土地にいる二〇〇〇人が追い出されなくて済んだって？」

「…………」

一軒のプレハブから布袋を下げた十三、四の少年が現われ、こちらへ向かって来た。

女が右手を上げて、スーツの襟《えり》に止めた真珠《しんじゅ》のペンダントに触れた。

真珠の発する光条がプレハブのドアを貫いた。女の手を男が摑《つか》んだ。ペンダントに仕掛けたレーザー発射装置《デバイス》を、男は反対側の手で毟《むし》り取った。

見えない糸に足をすくわれた少年は、すぐに立ち上がって、こちらを見ないように小走りで去った。

女は身を震わせて呻いた。

「どうしてこんなことになったか、わかってるんだろうね、行久」

「はい」

男は女から離れた。

「わかっているんなら、これからどうすればいいか、わかるね。あんたは完璧でなきゃいけない。今度みたいなことは、絶対に許さないよ」

「はい」

気分直しの試し射ちを中断させられた女は、ミンクのコートを思いきり派手に翻してベンツの方へ歩き出した。やむを得ずという感じで、男が後を追う。

すれ違う一瞬、眼だけを動かしてせつらを見た。その頬が赤く染まる。いつもの現象であった。

ベンツが走り去った後、せつらは何事もなかったように、少しの間ホームレス・タウンを眺《なが》め、踵《きびす》を返した。

「お兄ちゃん」

と背中に当たった声がある。

住宅の方から走って来たのは、〈四谷〉近くの喫茶店で会った少年スリであった。

4

「何してんだい、こんなとこで?」

せつらは答えず、

「この辺のことに詳《くわ》しいよね?」

「おお」

少年は小さな胸を思い切り叩《たた》いた。

「任かしとき。生き字引だよ」

「今までここにいた二人組を見た?」

「勿論だよ」

少年の眼に憎悪が光った。

「あいつらが、最初おれたちを追い出そうと企《たくら》んでやがったんだ」

せつらの頭上に?マークが点ったようだった。

「それじゃ『地頭興業』の前に?」

「そだよ。あいつらは内緒にしてるけど、こっちも蛇《じゃ》の道は蛇《へび》さ。みいんなわかってる。ところが、あの女の亭主がくたばって、手を引いたんだ」

射殺事件のことはせつらも知っている。

「亭主が死んだくらいで、儲け話から手を引くとは思えないな」

「だろ?　みんな不思議がってたんだ。絶対、何か企んでやがるってさ。ところが、権利は、〈区〉に戻したんだ。で、〈区長〉が『地頭興業』に売りとばした。木暮は本当に手を引いたらしいって、みんな首を捻《ひね》ってるよ。そして、今日の騒動だ。正直、訳がわかんねえよ」

「全く」

せつらの頭の中で、幾つもの出来事が昏迷《こんめい》の渦を巻きつつあった。

事の始めに、極秘にこの土地を買い占めていた「木暮ファイナンス」が、突然、手を引いて、権利を〈区〉に戻した。〈区〉は歓楽施設の建設と経営権を条件に、『地頭興業』にホームレスたちの追い出しを依頼した。ここまではある意味順当な商取引きといえる。

ところが、「木暮ファイナンス」は、子会社の「宝土地開発」を使って、〈区〉からもう一度、ホームレスタウンを買い取り、しかも、無条件で彼らの居住を許した。その裏の事情は、幾らでも勘ぐれるが、表面上は、「木暮ファイナンス」のトップが良心に眼醒《めざ》めたとしか思えない。

これを冷厳《れいげん》なビジネスの論理に当て嵌めると、何が弾《はじ》きとばされ、どう修正されるのか？

「そうだ、あの男——似合わねえ歌を歌ってた」

「何の歌？」

「あれだよ。LOVE ME TENDER」

少年はプレスリーの名曲を口ずさんだ。

「やさしく愛して」

「ふむ。もうひとつ訊きたいけど」

「いいともよ」

その晩、他の件の調査も重なり、帰宅は深更《しんこう》——一時過ぎになった。

〈秋せんべい店〉の通りをはさんだ位置に、タクシーが停まっていた。

黒いシールド・ガラスが内部を闇色に染めている。

せつらが店の隣りの技折戸《しおりど》を開けると、車はすぐに走り去った。

「面倒な」

溜息をひとつついて、舞い上がろうとしたとき、走り去ったタクシーの後を追うように、一台の乗用車が現われ、前のと同じ位置で停まった。

「あれれ」

三人の男が路上に降り立った。〈四谷〉の喫茶店で少年を追っていた男たち《トリオ》であった。

「せんべい屋の前とは、おかしなところで会うもんだ」

「これはこれは」

とせつら。

走り去ったタクシーの方を向いて、

「用心棒？」

と訊いた。

「まあ、そうだ」

と右頬に傷を残した男がうなずいた。

「普通の用心棒と違うのは、殺し屋も兼ねていることったな」

「彼に近づく人間は殺せ」

とせつら。

「奴が近づいた人間もな」

「闘《や》る？」

「よせやい。その言い方、何とかならんのか？　もう少しその気になれや」

「おれに任せろ」

ひとりが前へ出た。少年を追いかけていた男だ。別の声が、

「おれが片づけてやるよ」

三人目――これまでひとことも発しなかった男である。土気色《つちけ》の表情は虚ろであった。人間離れした顔に人間の眼鼻だけがついている印象が強い。マスクをつけている。

「あの餓鬼《がき》を呑み込んでやりたかったが、こっちが先か。行け」

二人目の指示が三人目に変化をもたらした。マス

クを取った。耳まで裂けた口が現われた。全身が歪《ゆが》み、ねじくれ、手足は縮み――蝦蟇《がま》のような濡れ光る軟体についた巨大な口ばかりの頭部が、かっと開いた。

「〝妖物使い〟」

とせつらがつぶやいた。〈新宿〉にしかない職業のひとつだ。

そいつは声もなく地を蹴《け》るや、一気にせつら目がけて跳躍した。

着地した口が、がちんと閉じる。

せつらはその頭上にいた。

妖物は身をよじりつつ宙に舞った。せつらと同じ速さでせつらに追いすがる。

着地も同時だ。

悲鳴が上がった。

せつらは二人目の男の頭上に舞い下りたのである。ぶつかる寸前、後方へ跳《と》んだ。妖物は止まらず、主人ともいうべき男をひと呑みにしてしまった。

その口から白煙が噴出し、体内でもがく身体がみるみる静止した。強烈な酸が溶かしたのである。

ぐふぅとせつらの方へふり向いた身体が、四つに分散して路上に転がった。その身体とアスファルトが白煙に包まれた。

「手の内を見たぜ」

と残る男が言った。

「大したもんだ。また会おうぜ――すぐにな」

片手を上げて、〈中央公園〉の方へ向かう男を、せつらは追わなかった。それより先に、行くべきところがあった。

〈河田町《かわだちょう》〉でも、ひときわ目立つ大邸宅の天窓から侵入したせつらが、二階の廊下へ下り立った瞬間、銃声が邸内を渡った。

目的地はわかっていた。

居間のドアの向こうに、「現場」が広がっていた。

豪華な薪《まき》ストーブの炎が、床に倒れた女と、血まみれの絨毯《じゅうたん》に明暗を与えていた。

拳銃を手にした木暮行久が肘《ひじ》かけ椅子の背に身を凭《もた》せかけて、ぼんやりとせつらを見上げた。

「止めなかったよ」

とせつらは言った。奇妙な感情――ひねくれた哀《かな》しみのようなものがこもった声であった。

「どうしてここへ？」

「ホームレス・タウンで見かけたとき、君と母さんに長い道標《みちしるべ》をつけておいた。それ以後の、行動と会話はみんな筒抜けだよ」

「油断も隙《すき》もない街ね」

ごつい顔が、溜息と一緒に女の言葉遣いを吐き出した。

「はじめにひとこと」

せつらは、茫洋と言った。

「見てくれは、〈メフィスト病院〉で戻せる」

行久はかぶりをふった。

「二人も殺してしまった。これは元に戻せないわ。いえ、こいつも足したら三人」

毛深い拳が胸を叩いた。

「ユッちゃんと呼んでいる間だけが、幸せだったわ。この家まで追って来て、ようやく会えたその日に、私は射ち殺してしまった。両親は私を捕らえ、一生、息子の代わりにしてやると言って――」

人体改造手術は、〈新宿〉の闇医者――ドクター・モローたちにとっては、お手のものだったろう。少年は言った。「木暮ファイナンス」が手を引いたのは、ほぼ二カ月前だったと。

行久――に変えられた冬香は、両手で顔を包んだ。

「何処かにあたしが残ってる？　とっても綺麗《きれい》な人捜し屋さん？」

「残念」

「正直な人ね。あいつらは毎日笑ってたわ。よく出来てるって。会う人ごとに、『うちの倅は変わった。別嬪《べっぴん》だろう』と紹介して廻ったの。だから――」

だから、父親の顔面に弾丸を射ち込んだ。次は今――横たわる母親に。

　親子が企んだホームレス・タウンの開発を中止し、人々の手に戻したのは、せめてもの反抗であったものか。

「ねえ、いつこいつがあたしだとわかったの？」

「はじめて会った晩、この家へ帰ってから、その女と言い争いをしたろ」

「そうか――あたしと口走ったからね。でも、一度だけよ。この女に殺されかかって、それきり口にしなかったのに」

「さっき――店の前に停まっていたタクシーから歌声が伝わって来た。あの子は『やさしく愛して』と言ったけど、『オーラ・リー』はその原曲だよ。歌詞は違うが、メロディは同じだ」

「どうして、あなたのところへ行ったか訊かないの？」

「…………」

「はじめて会ったとき、ひと目惚れしちゃったのよ。あなたは綺麗すぎた。あたしもああなれたらって――でも、今じゃ――おかしくなっていたのね。部屋をとび出て、タクシーを拾って――一時間も待ってたのよ。そして、あなたを見た途端、あの歌が出てしまったの」

　やさしく愛して《LOVE ME TENDER》、とエルビスは歌った。

「自分に何かあったら、自動的にあたしのことが、世界中のSNSに流れるように手を打ってあると、この女は言ってたの。もう何をしても間に合わないわ。今の自分の顔――見られたくないの。誰にも」

「一緒においで」

とせつらは言った。

「いいわ」

　冬香は立ち上がって、居間を出て行った。

　せつらは閉じた扉の方を向いた。

　頬に傷のある男が入って来た。

「聞いちまったよ」

重い声で言った。

「銃声を聞いた召使いどもは止めてある。さっさと連れてけ、と言いたいところだが、それを食い止めるために雇われた身でな」

せつらは無反応である。

ふと、廊下の方を向いた。

「聞こえた？」

と男に訊いた。

「ああ。銃声だ。自分で始末をつけちまったか。これで、おれもお払い箱だが、一応決着《ケリ》はつけさせてくれや」

「オッケ」

男の眼が光った。

せつらの身体がきしんだ。

関節という関節が音をたててきしむ。

最もシンプルな念力攻撃であったが、そのパワーと攻撃法を考えれば、これほど効果的な恐るべき攻撃はない。

「両手も動かせなけりゃ、糸も操れねえな。顔だけは、つぶさずに残しとくぜ」

「どうも」

とせつらは返した。

男の顔が、恐怖に見開かれた刹那《せつな》、彼の首は空中にとんでいた。せつらの口に咥《くわ》えた妖糸の一閃であった。

鮮血を噴き上げる身体が倒れる前に、せつらは居間を出た。真っすぐ玄関を抜けた。もう用のない家であった。

翌日、春吾と連絡を取った。それきり会うこともなかった。調査費用は約束通り振り込まれた。

〈新宿〉人形物語

――この世で美しいものは、みな偽《つく》り物《もの》だ

デルフィーヌ・ストロイ

1

彼の反応は、わかっていた。それを招いた覚えはないが、結果としてはこうしかならないのだった。晩秋のせいもあったかもしれない。

〈新宿七丁目〉の喫茶店「カフェ・フラワーリング」で、さよならと伝えたとき、若者は身を震わせ、

「僕は結婚してくれと言った。それから急に冷たくなった。そんなに嫌だったのか?」

いいえ、と楓《かえで》はかぶりをふった。いつものように空気も動かぬ静けさで。

「僕は家族みんなに言っちまった。叔父さんにも叔母さんにも。みんなよかったと言ってくれた。もう後戻りはできないよ」

楓は、やめておいたほうがいいと思っていることを口にした。

「私はできるから」

一分の間に色々なことが起きた。楓はそれを記憶に留《と》めなければならなかった。

憤然と立ち上がったときの身体《からだ》の震え。勘定書《かんじょうがき》を摑《つか》んだ律儀《りちぎ》さ。レジへ向かう荒々しい足音。会計を済ませて戸口を抜けていく、これきりの潔《いさぎよ》さ。

だが、最後のは間違いだったらしい。

楓が店を出て、通りの方へ歩き出すと、一〇メートルも行かないうちに、月光の下へ若者が浮いて出た。近くにあった街灯はみな電球を盗まれていた。

それでも右手の拳銃は見て取れた。

楓は少し驚いて見せ、それから若者に近づいた。

「止まれ、射《う》つぞ」

「止まったら、射たない?」

「………」

「なぜ拳銃なんか持っているの?」

若者が答えられずにいるうちに、楓は抱きつくことができた。

「あたたかいのね」

と言った。本当にそうなのか、よくわからなかった。

通りに人影はなかったが、押しつぶされた銃声は、誰の耳にも届かなかった。

月だけが妙に明るかった。照らし出した者の恐るべき行為への見返りだったかもしれない。


その日、せつらは仕事の途中で、〈絵画館〉の前を通った。

階段を下りて来た何人かの男女を、午後の陽光が照らしていた。季節のせいで、寂寥《せきりょう》の感じられる光であった。

純白のドレスの娘がいた。石段に落ちる影は、独《ひと》りではなかった。

パーティ用としか見えない腰のくびれたフリルだらけのドレスも、息を呑《の》みそうな美貌《びぼう》によく似合っていた。〈新宿〉なら珍しくない。

娘が段を下り切ったとき、せつらはそのかたわらを通り過ぎた。

やや傾き加減だった小さな白い顔が、ふっとこちらを向いた。

せつらはそのまま歩いた。遥《はる》かに凄《すさ》まじい美貌を、洗面台の鏡で見慣れている。

やがて、人の姿も絶えた広場に、思いだけが残った。神さびた光にふさわしいとは言えぬ、真紅に染まった狂おしい思いであった。


半月後、せつらは〈戸塚町《とつかまち》〉のアパート「綺仁荘《きじんそう》」を訪れた。

〈魔震《デビル・クエイク》〉にも耐えたというSNSのキャッチフレーズで有名な、築四〇年のアパートは、しかし、病み衰《おとろ》えた病人のような惨状をさらしていた。冷気をおびはじめた風と、落葉の立てる音が、それを深めていた。

「綺仁荘」の二階に住む、小泉《こいずみ》楓という女子大生を捜《さが》してくれという依頼は二日前に受けたものである。いつものせつらなら、昨日発見してもいい簡単な仕事だった。

錆《さび》だらけの外階段を上がる前に、せつらは目的地のドアの前で、内部《なか》の様子を窺《うかが》うフェザー・コートの人影を認めた。

何度もドアノブを摑んでは押して引き、桟《さん》の嵌《は》まった窓から内部を覗《のぞ》こうと顔を押しつける——当人もわかっているはずの哀《かな》しい努力だった。外階段は部屋の真ん前にあるため、足音を忍ばせて上がっても、たちまち気づかれる。

だが、せつらに、どーもと声をかけられた若者は、跳《と》び上がらんばかりに驚いた。

「全——全然気がつかなかった」

と左右へ首を向けて、うっとりと、

「このアパートの人？」

「いや、下から」

「嘘《うそ》だ。あの階段、昇るとき凄《すげ》え音をたてたのに、少しも」

「ここの人に用事？」

「——あんた、誰だい？」

「人捜し屋。名前は秋《あき》」

「——おれは冬だよ。それとも春かな、夏かな」

破れかぶれの言い草は、驚きのショックを現状になじませるために違いない。

けたたましく笑って、ようやく落ち着いた。

「志垣《しがき》だ。よろしく」

ドアの方を見て、

「彼女を捜しに？——誰かに頼まれたんですか？」

「内緒」

「――内緒？　そうだよなあ、あんなにいい女だもんなあ。他に彼氏がいねえほうがおかしいよなあ。そいつも、きっとおれみてえにふられちゃったんだな」

「留守？」

「ああ。さっきから何度もトライしてみたけど、居留守じゃないね」

「邪魔しない？」

「あんたの？――おお、勿論《もちろん》だ」

せつらはドアに近づいた。それだけでロックが解け、ドアが自然に開くのを、志垣は茫然《ぼうぜん》と見つめた。

「念力使《サイコキネシス》いかよ？」

志垣は黒い背中を追って、うす闇の室内へ入った。

六畳ほどのダイニング・キッチンに六畳間が続き、左にトイレとバスのドアがほっそりと並んでいる。

どこから見ても普通の部屋であった。

家具もキッチン用品も揃《そろ》っている。すぐにでも人が住めるだろう。モデル・ハウスみたいなものだ。

志垣が、ぎょっと流し台の方を向いた。いきなり水が流れ出たのである。

同時に、モニターが、韓国ドラマを流しはじめた。どちらも見えない手が蛇口をひねり、スイッチを入れたのだ。

「外のメーターでも電気は使われていた。埃《ほこり》もさしてない。一週間前からいないんだ」

「――そうかよお」

あーあと呻《うめ》いて、志垣はキッチンの床にへたり込んだ。

「まだ早い。寝室は？」

「お、おお」

花火かロケットみたいにとび上がった志垣は、せつらを押しのけて、奥の部屋へとび込んだ。

「なんだ、こりゃ？」

と叫んだのは、少し経《た》ってからである。

整理されたベッドとシーツ、高価《たか》そうな机と椅《い》子《す》、窓際の小テーブルにはドライ・フラワーが飾られて、殺風景さを救っている。

せつらはベッドを見て、

「使われてはいる。けど、髪の毛一本落ちていない。床の上にもね」

「どどどうしてそんなことわかるんだよ？」

「バスも使っているけど、排水口には髪の毛も垢《あか》も溜《た》まっていない。フライパンや鍋には使った形跡がある。だけど、食料はみなゴミ捨て用のポリ袋の中だ」

「飯こしらえても食わねえって——どういうこったよ？」

「どれもひとり分だ。恋人はいなかったか、いても連れてこなかった」

志垣はほっとしたように緊張を解いた。

「だろ？　身持ちは堅いと思ってたんだ」

「クローゼットに服はない。香水もだ。急な出発じゃあなかったと思うが、よくわからない」

「どうしてだよ？」

「人がいたのは確かだ。だけど、住んでいたかどうか」

「何だ、それ？」

「何処《どこ》の家へ行っても、一日でも人間《ひと》が住めば生活感が残る。一週間くらいで消えやしない」

ぼんやりとした志垣の表情に、ようやく理解の光がさし込んだ。せつらの言葉の意味にようやく気づいたのである。

「じゃ、ここには人が暮らしてなかったと？　けど、楓はいたんだろ？　ここで生活してたんじゃねえのかよ？」

せつらはかぶりをふった。

「いた、と言ったろ。だけど、生活はしていなかった。寝て起きて、歯を磨いて食事をこしらえ、食器に盛りつけたけど、食べずに捨てた。シャワーを浴び、バスにもつかったけど、垢も毛も残さなかった」

「訳がわかんねえよ」

志垣は悲鳴に近い声をふり絞った。

「ここにいた小泉楓は、人間じゃなかった」


へたり込んだ志垣を放ったまま、せつらはアパートの管理人のところへ向かった。

階段の上がり口に、連絡はこちらへと、管理会社の名前と電話番号を記《しる》したプレートがかかっている。

電話をかけて住所を訊《き》き出し、〈大久保《おおくぼ》二丁目〉にある管理会社の担当に会いに行くと、一一日前にインターネットで契約し、三カ月分の家賃も前払いした上客だという。出て行った理由は不明とのことだが、損をしたわけではないので、担当はさして気にも留めていなかった。保証人はなし。そんなものを要求したら、〈新宿〉の賃貸住宅の空き率は九割を突破するに違いない。

楓が契約書に書いた前の住所も連絡先も偽ものだったが、担当はそれを知りながらも気にしなかったと告げた。行き先に心当たりはないかと、せつらも訊かなかった。

〈区外〉に逃げる可能性だけはなかった。この娘は〈新宿〉でしか生きられない薄明《はくめい》の存在なのだ。

その足で、せつらは妖糸《ようし》を巻きつけておいた志垣の下を訪れた。

〈歌舞伎町《かぶきちょう》〉の〈ゴールデン街〉の裏にある小さな飲み屋で、昼間から水割りをあおっていた男は、せつらを見て眼を剝《む》いた。

「どどどうして、ここが?」

「愛してるわけじゃない。君と楓の間柄みたいにね」

「そんなこた当たり前《めえ》だ」

志垣は吐き捨てた。

「おれくらい、楓を好きだった男がいるわけがねえよ。あいつと一緒になるために、おれは組も抜けたんだぜ」

左手の小指がないことに、初対面の時からせつらは気づいていた。

「訊きたいことがあって来た」

「そら、そらいいけどよ。あんた人捜し屋なら、おれなんかよりずっと早くあいつの居場所を捜し出せるんじゃねえのかよ？　なあ、捜してくれ。そいでよ、あんたに依頼した奴《やつ》より早く、おれに教えてくれ。頼むよ、な？」

志垣は上衣《うわぎ》のポケットから何枚かの万札を引っ張り出して、せつらに突きつけた。

「同じ依頼は受けられない。先約優先」

「そこを何とかしてくれ——頼むよ、なあ」

せつらの顔の前で札が震えていた。小指のない若者が本気なのは確かだった。

ドアが開いた。

あーっ⁉　と叫んで志垣は席をたった。二人のごつい男が、店内を見渡し、真っすぐこちらへやって来た。

志垣は奥の壁に背中を押しつけて男たちを見つめていた。

「よお、志垣」

耳にピアスをつけたほうが、頰《ほお》を掻《か》きながら笑いかけた。正体不明の怪物の笑いだった。

「捜したぜ。よく残ってたな？」

「惚《ほ》れた女は見つかったのかよ？」

面長《おもなが》のほうが訊いた。顎《あご》は打たれ易《やす》いが、首の太さがカバーするだろう。

「どんな女か知らねえが、おめえごときが惚れる程度だ。その辺のスベタに決まってる。何ならおれたちが捜し出して、可愛《かわい》がってから、引き渡してやるぜ」

「取り消せ」

と志垣が言った。異様な感情——怒りへの情熱のようなものがふくれ上がっていく。

「何だあ、この使い込み野郎?」

ピアス男が歯を剝いた。牙だ。虎のように研《と》ぎ澄まされた歯は金属の光を放った。

「取り消せ」

志垣はカウンターの端に置きっ放しのソーダの瓶《びん》を摑むや、カウンターの端《はし》に叩《たた》きつけて割った。大小の光がとんで、小さな粒が、幾《いく》つか手の甲に止まった。細い血のすじは、その光に合うようには見えなかった。

男たちは緊張もしなかった。

無雑作《むぞうさ》に近づいて来た。先頭はピアス男だった。

胸もとにのびて来た右手に志垣は瓶をふった。数個の破片がピアス男の指に刺さったが、軽く握ると剝《は》がれた。強化皮膚だった。最も簡単安価な改造手術のひとつだ。

それが拳《こぶし》に変わると、志垣の鼻がつぶれた。

2

「さ、おとなしく来るな?」

片手で鼻のあたりを押さえた手指の間から、血をしたたらせながら、志垣は頭をふった。

「ふざけんな。てめえらの悲鳴を楓に聞かせてやるぜ」

志垣は瓶の残りをふりかぶって突進した。

その手を易々《やすやす》と捉《とら》え、ピアス男は片手で志垣を壁に叩きつけた。店が揺れた。

「さあ、立ちな」

と、面長のほうが笑いかけた。

その身体が見えない魔物に引かれたように後方へ吹っとび、ドアをぶち抜いて、舗道《ほどう》に激突した。

「だ、誰だ?」

ピアス男がふり向いた。せつらを見ようとせずに他の客とバーテンを睨《にら》みつけた。面長の男は舗道に這《は》っている。激突地点のアスファルトは日の丸ならぬ血の丸が描かれていた。

「何処のどいつだ、こんな真似《まね》しやがったのは？　色男、あんたかい？」

「口数が多い」

この言葉と同時に、ピアス男は相棒の後を追って、その鳩尾《みぞおち》に頭からとび込んだ。

「ぐええ」

面長は口から胃の中身を吐き出し、ピアス男は身を起こした。

床にしゃがみ込んだ志垣へ、

「見つけ次第、連絡する。二番目にね」

せつらが折り重なった二人の横を抜けて通りを歩き出した時、銃声が轟《とどろ》いた。

怪我《けが》人は出なかった。面長がせつらを狙ったS&W《スミス・アンド・ウエッソン》エアウェイトは、垂直に持ち上がった手の中で、秋の蒼穹《そうきゅう》を貫《つらぬ》いただけだったが、握った右手はそうはいかなかった。

硝煙《しょうえん》を洩《も》らす銃口が、こめかみを向いた。

「なな、な」

自分の指が謎の力で引金を引いていくのを、男は最後まで見届けざるを得なかった。

もう一度銃声が鳴った時、せつらはすでに人混みにまぎれていた。


富長真二《とみながしんじ》は、二時間前にスナックで知り合ったばかりの娘を、〈中央公園〉近くの空地へ連れ込んだところだった。

五〇を超えたばかりの富長は、禿《は》げ上がった額《ひたい》と薄い髪にコンプレックスを抱《いだ》いていた。

数席離れたスツールにかけた美少女が、眼が合った途端に彼の方へ来て、

「出ません？」

と申し込んで来たときは夢かと疑った。そのせいで、スツールを下りたときも、娘のオレンジ・ジュースが少しも減っていないことに気がつかなかっ

た。

タクシーを止めても娘は気にせず乗り込んだ。目的地を告げても表情ひとつ変えず、木立ちの間に連れ込んでも不審がることもなかった。

欲情の炎に身を焼きながらも、娘の人間離れした美しさは、それを忘れさせる魅力があった。

結婚式のドレスみたいな衣裳《いしょう》は、簡単に地面に落ちた。二つの下着を外し、彼は喉元《のどもと》まで溢《あふ》れた思いを声にした。

「なんて綺麗《きれい》なんだ。この顔もこの肌も」

娘は艶然《えんぜん》と笑った。

「そんなことありません。もっと綺麗な人がいます」

「そんなことありゃしない。あんたは世界一の美人だよ」

本気だった。娘はこう返した。

「ううん、います。この街の何処かに」

娘は自分から富長の胸に顔を埋め、たくましい身体を抱きしめた。

おお、と呻きながら抱き返した身体の冷たさが気になったが、すぐに忘れた。娘も力を込めて来たからだ。それは彼の想像を絶していた。

娘がドレスを身につけたとき、木立ちの向こうから、制服姿が現われた。〈公園〉の周囲を警備するガードマンである。

娘の足下を見て、彼はひと目で事情を呑み込んだ気になった。

「動くな」

と、娘にも拳銃を向けたのは、この街の流儀だ。美しいものがその姿形にふさわしい精神《こころ》を持っているとは限らない。だが、眼の前の白いドレスの娘は、その堅牢《けんろう》な意識さえ霧消《むしょう》させてしまった。

それでも最後の理性をふりしぼって男の死体に近づき、その上体に手を走らせた。つけた手袋は体内損傷センサーが付いている。

「肋骨《ろっこつ》も背骨も折れてる。バラバラだ。まさか——

あんたが?」

娘は無言で近づいて来た。微笑を浮かべている。

それが当然とるべき男の警戒行動を抑《おさ》えた。

感動が、男の口を割った。

「なんて綺麗なんだ、あんた……」

娘は首をふった。

「ずっと綺麗な人がいるわ。私——知っています」

「そんなことはない。この世の中に、あんたほど美しい人間はいないよ」

「嬉《うれ》しい」

娘は情熱的な動きで彼を抱きしめた。

「でも、いるのよ、そういう人。そして、あたしに眼もくれないで」

娘はさして力も入れずに、男にすがりついた。

紅《くれない》祥子《しょうこ》と連絡がついたのは、午後四時を過ぎてからだった。場所は、〈上落合《かみおちあい》〉にある彼女の自宅であった。

外から築数年と思《おぼ》しい瀟洒《しょうしゃ》な邸宅とアトリエらしい建物を見て、せつらは納得した。

居間で向かい合うと、すぐにメイドがコーヒーとソーダ水を運んで来た。

近くでせつらを見た途端、メイドは頬を染め、それでも取り乱しはせずに隣室へ消えた。

緑色の泡つき水をひと口飲《や》ってから、

「桜田国子《さくらだくにこ》さん」

とせつらは、依頼人の本名を突きつけた。女は苦笑して、

「あらあら。それがわかったということは、楓の正体もお見通しね」

と言った。

「三年前まで〈区外〉で知る人ぞ知ると言われていた天才人形作り。生きているようだ、という感嘆はあなたの作品のためのものだといわれていました」

女——桜田国子は、うすく笑った。

「ありがとう。正直なところ、あなたに言われると、あまり嬉しくないけれど」

「はあ」

「私のことはともかく、楓の行方はおわかり？」

「まだですが」

「じゃあ、私の素姓《すじょう》なんかどうでもいいから、一刻も早く捜し当てて。そして、私のところへ連れて来て。ここはあまりにもあの子に合った街すぎる。最初はそれを手放しで喜んでいたけれど」

「人形の部屋」

とせつらはつぶやいた。あの奇妙に生活感のないアパートのひと部屋も、これで納得できた。あそこで生活していたのは、人間ではなかったのだ。

「楓というのは本名よ」

国子は視線をテーブルに落として言った。

「——生きていたときのね。まだ〈区外〉にいた頃——八年前に死んだわ。私も親バカのひとりだったのね。娘の死をどうしても受け入れられなかった。受け入れればおかしくなっていたわ。できることはひとつしかなかった——おわかりよね？」

「人形作り」

「そう。私の祖先《ほう》から伝えられた決して朽《く》ちない人間の製造法。滅びない死者の作り方。それが私の名声の秘密だった。それだって、本気で励《はげ》んだことなんか一度だってなかったわ。〈区外〉の連中がほめそやしたのは、手を抜いたただの作りものよ。ひと目で人形と知れた。だから、安心して拍手を送れたのよ」

「はあ」

わかっているのかわかっていないのか、さっぱりわからない返事も、この若者がすると、誰ひとり怒らない。

「私が伝来の術を使わなかったのは、この世界の人たちに知れたら、必ず忌避《きひ》されるだろうと思ったからよ。彼らは自分たちそっくりの異物を許しはしない。認められるのは、異物とわかる異物だけ。だから、この街へ来たの。人間以外のものが、それとして受け入れられる世界へ。そして作ってみたの。結果は驚くべきものだったわ」

「………」

「父のこしらえた作品は見ていたけれど、自分にあれ以上のものが出来るとは思わなかった。それなのに――」

「人間そのもの」

とせつらは言った。

「見たの？」

「ノン」

「急にフランス人？」

国子は吹き出した。

「面白い人ね。でも笑いすぎたら、その場で二つにされそう」

「さっき、〝特別チャンネル〟で見ました。〈公園〉の近くで二人――大の男が全身の骨を砕かれて死んだ。前にも一件。そのときは気にしなかったけど、今度は〈公園〉周りの警備員が生きていた。言い残した言葉は、『美人』でした」

「他にもいるかもよ」

「楓さんは殺人鬼《シリアル・キラー》かもしれない。理由はわかりますか？」

「あの子は完成してから三日後に出て行ったわ。私が自我を植えつけたのと、この街の魔を含んだ空気のせいね。親元を離れて生きていきたくなったのよ」

「人を殺すために？」

「キツいこと言うわね。正解よ――私が教育したんだけど、一日でね」

「ほお」

「人形に人格を与えることは、さほど難しくないのよ。人形作りはみんな口を閉ざしているけどね。まして、我が家の術にこの街の妖気が加われば、簡単な作業だった。ただし、投影する性格は――」

「あなた自身」

「仰《おお》せのとおりよ。生活自体は普通の人間のものを忠実に再現するけれど、喜怒哀楽は私に準じるの。でも、私は幾ら憎んでも人殺しはしない。あれは――」

「殺人だけは、あの子のせいだと？」

「いい加減にしてちょうだい」

「はあい」

せつらを睨みつけた、それは一瞬であった。激しい感情は、悲惨に変わった。

「父は、人形には人形の感情があるとよく言っていたわ。誰の性格を植えつけてもいいが、これだけは忘れるな、と。人間《ひと》が狂うように人形も狂う。そのとき、本来備わっていた人形の精神《こころ》が――いいや、魂《たましい》がそこに加わったら――」

「はい」

とせつら。

国子はかぶりをふった。

「〝人形はそこで、作り手にもわからない存在となる。人形の魂を人間《ひと》は想像できないからだ〟――今になってわかるわ」

「人形の精神や魂って、そんなに敏感なんですか？」

「いいえ。私の人格を移されたとしても、よほどのことがない限り、人形の魂は眼醒《めざ》めはしません。殺人まで犯すのは、それこそ狂気の沙汰《さた》よ。何かが、彼女の――つまり、私の――人格を狂わせた。それを補うために人形は、自分の魂に救いを求めたの。けれど、その結果は、この世のものとこの世のものではない何かがぶつかり、せめぎ合って、殺人へ進んだのよ」

せつらは指で頭をつつき、

「狂った原因――わかります？」

と訊いた。

「いいえ」

「冷静になる可能性は？」

「狂わせた原因が取り除ければ」

思いつめたような国子の声に、

「ふむふむ」

とせつらは応じた。

「自然に戻ります？」

国子は眼を閉じて、せつらを見つめた。多分、と言ってかぶりをふった。

「ふーむ」

「このまま放置しておけば、楓は殺人を繰り返すでしょう。その前に見つけ出してください。後は私がやります」

「承知しました」

せつらは立ち上がって、ドアの方を見た。

自然に開いた向こうに、メイドが立っていた。

こちらに向けた顔と耳を素早くのけて、歩き去った。

「何をしてたのかしら」

国子のつぶやきには、さして疑惑の念も兆《きざ》していなかった。


せつらは無言で玄関へ歩いた。

ドアを開ける前に、国子が訊いた。

「あなた――本当に楓に会ったことは？」

「いいえ」

それだけ伝えて、せつらは外へ出た。

3

別の依頼も片づけ、帰宅したのは午後六時を廻《まわ》った頃である。

まだ店にいたバイトの娘に、こう訊いてみた。

「頭に来ると彼氏に会いたくなる？」

「ええ。しんどいときは」

濃いコンタクトをした娘は、せつらを正面から見て答えた。

「抱き合う？」

「えと、多分。でもよっぽどしんどいときですよ」

「思いきり？」

「その場合によりますけど。あ、骨格バラバラ殺人事件の話？」

「そ」

娘は吹き出した。

「あそこまで力ないわ。でも、力持ちがあんまり悲しがったり、嬉しがったりしたら、やっちゃうかもしれない」

「ふむふむ」

「骨は折らなかったけど、あたしもぎゅうってありますよ」

「どんなとき？」

娘は少しせつらを見つめた。睨みつけたと言ってもいい。きっぱりと、

「社長が、あたしに全然興味がないとわかったとき」

せつらは黙って奥へ入った。

それから——楓の消息は摑めなくなった。あの〈新宿〉一の情報屋外谷良子《とやよしこ》にしても、

「わかんない、ぶう」

と返すばかりであった。

一週間がたった。

その間に、〈区内〉の材木店で、少しずつ商品が紛失し、洋品店やランジェリー・ショップでも同じことが起こったが、ニュースにはならなかった。

一度だけ、〈早稲田《わせだ》大学〉近くのブティックの店員が、マネキンの鬘《かつら》を盗み出そうとした犯人を捕まえたが、これも話題にはならなかった。店員は、まるで恋の魔法にかけられたみたいにうっとりし、自費で同じ鬘を用意したのである。

八日目の朝、せつらの家を朽葉《くちば》刑事が訪れ、本署まで来てほしいと申し入れた。
「何の用？」
と訊くと、
強盗と殺人容疑だという。三〇分ほど前、〈大久保駅〉前で、女子高生がナイフで脅《おど》され、財布と時

計とスマホを奪われた。通りの真ん中で起こった事件なので、通行人も多かった。やくざらしい一人が止めに入ると、犯人は拳銃弾を浴びせて即死させた上で逃亡した。

「多すぎる目撃者によると、犯人は黒いコートを着た、この世に二人といないほどのハンサムだったそうだ。本署にある君の写真を見せたら、全員そうだとうなずいた」

「それを信じる？」

「君が拳銃強盗をやるなど死んでも信じないが、こう目撃者が多くては」

「〝変貌鬼《へんぼうき》〟だよ」

ひと撫でで他人の顔に変わる超能力または妖物《ようぶつ》を指す。朽葉は、かぶりをふった。

「通行人が撮影したスマホにも映ってる。君に瓜ふたつだ。これは、当人以外にあり得ない。どんな仮面も変貌能力者も君の顔だけは写し取れなかった」

しかし、疑いはすぐに晴れた。同じ時刻に〈大《だい》京町《きょうちょう》〉の「スタバ」である人物と会話しているのを、店長が覚えていたのである。

「阿呆《あほ》」

と罵《ののし》って署を出たとき、携帯が鳴った。

「秋せつらさん」

問いではない。呼びかけであった。向こうは名前を知っているのだ。何よりも——若い女の声であった。

「もうひとりのあなたを使って、強盗と殺人を犯したのは私です。一度会っていただけませんか？」

「いいけど」

と答えてから、

「あ。嫌だと言ったら？」

「また人が死にます。今度は三件同時にです」

「そんなに僕がいるの？」

「ええ」

女の声は笑ったようである。

「——じゃあ、時間と場所を」

「嬉しいわ」

と女は言った。ひどく無垢《むく》な響きが、せつらの耳に広がった。

「では、明日の午後零《れい》時――〈新コマ劇場〉上の『月光苑《げっこうえん》』で」

〈魔震〉の地獄絵図にも、旧〈コマ劇場〉はその外観を保ち続けたが、このひと月ばかり前に、建物の最上部を改装し、敷地の後部から高さ一〇〇メートルほどのホテルを建築、〈コマ〉の屋上にのしかかるように展望台を設置した。

一五〇〇平方メートルの空間には月光がふり注ぎ、四季を問わず青に支配されるという。「月光苑」である。

せつらは時間どおり赴《おもむ》いた。

他に人影はない。

西の端にひっそりと白い影が立っていた。月の重みさえ感じているように見えた。紫の花を散らした和服と横顔が、自然光の照明《ライト》に白く浮かび上がっている。

「来てくださったのね？」

国子から預かった写真と同じ顔が微笑を浮かべた。

「なぜ、殺人を？」

「ああでもしなければ、会えないと思って」

「あなたを作った方から、捜索を依頼されていた」

「あら、それじゃ、小細工なんか必要なかったのね」

女の笑みはさらに深くなった。

「自己紹介します。私は楓。名字はわかりません」

「秋せつら」

「季節にぴったりね。月の光と落葉がきっと、よく似合うわ」

「一緒に来てもらう」

「その割に一方的ね。私があなたに会いたいと思った理由も知りたくないの？」

「聞かせたければ」

勝手にどうぞという意味だ。

「いつだったか、〈絵画館〉の前ですれ違いました」

「それはそれは」

「覚えてもいないのね。あなたくらいに美しければ、他の人間は影絵みたいなものかしら」

楓の静かな声を支えるのは熱い思いであった。それを意に介さぬ男がひとりいた。

「気が済んだら行くけど」

きっとせつらを睨みつけ、楓は立ち上がった。

「私と一緒に来てくれませんか？」

「行くところはひとつ」

「どうしても？」

「僕を連れて行ってどうする？」

「…………」

「さ」

とせつらは促した。

二人は並んで、エレベーターの方へ歩き出した。


ガラス扉の向こうに人影が見えた。

その前に、四つの人影が並んだ。

月光が陽光のように、はっきりと風貌を映した。

「へえ、僕が四人も」

とせつらがつぶやいた。

「あなたと同じ能力を持たせるのは無理だけど、真似だけはできるわ。いま私に巻いた糸は切っておきます。さようなら」

楓がうなずくや、四人のせつらが殺到して来た。せつらが相手をしたのは、単なる気まぐれだったかもしれない。

本来なら、床を蹴る前に寸断されていた偽者たちは、手足の届く距離まで達するや、パンチと蹴りを繰り出して来た。ＤＶＤかゲームを参考にした動きは、恐るべき速さと精確さを合わせ持っていたが、最初のパンチが空を切った瞬間、全員が首を落とされ、床に転がった。

エレベーター前の観光客らしいのが悲鳴を上げた

ものの、足下に転がって来た首を見て、すぐに止めた。

　それは美貌の人形であった。

　閉じていくエレベーターのドアの向こうに白い和服姿がちらりと見えた。

　転がった死体を、せつらはぼんやりと眺めた。

　コート姿のよく出来た人形としか見えないが、せつらと相対したのは、何処から見ても人間であった。それが、国子の家に伝わる奥義《おうぎ》なのだろう。だが、妖糸を手に入れることは不可能だったし、操ることも不可能であった。

「アーメン」

　何となくひと言贈りたくなったのも、無理はないかもしれない。

「強盗に殺人ねえ」

　せつらは手の平を見つめた。幸い汚れてはいないようであった。


　家へ帰る途中で、せつらは桜田国子に連絡を入れた。

「楓と会ったそうね」

　いきなり来た。

「知ってました？」

「ええ。少し前に連絡が入ったわ。ずいぶんと情《つれ》なく当たったそうじゃない」

　いちいち連絡するな、と思った。

「楓の思考や感情は人間と同じだと言ったでしょ。ふられて涙を流しても問題はその後よ。可愛さ余って何とやら。あなたを殺すまでやめないわよ」

「あーあ」

　と洩らしてから、

「よくわかりますね」

「あの子の生みの親はあたしだから。あの子に植えつけたのは、あたしの性格だと言ったでしょ」

「あなたを始末すれば、元の人形に戻るかな？　古いホラー映画にあった」

「よして頂戴《ちょうだい》。本気なのね、あなた。ふう、血が凍ったわ」

「作り主の性格が移る？　作る技術も一緒に？」

「あなたをあなたが襲ったってね？　それくらいのことはやるでしょう。でも、あなたそっくりの人形をこしらえるのは不可能よ。少しくらいは上手《うま》く動かせても、すぐに自爆してしまう。所詮《しょせん》あなたと同じくらい美しくなるのは無理だと気がついて」

「すると、自爆覚悟で来る？」

「そうなるわね。あなたを殺して自分も死ぬ――お決まりのパターンよ。そうなる前に早く捜し出して、連れておいでなさい」

「うーむ」

「とにかく、またちょっかいを出してくるわ。あなたを殺すまでは諦《あきら》めない。さ、早く早く、捜し出して頂戴」

せつらは翌日、〈高田馬場《たかだのばば》〉にある廃墟《はいきょ》を訪れた。

〈第一級安全地帯《ファースト・セフティ・ゾーン》〉だが、〝立ち入り禁止《キープ・アウト》〟テープが黄色く囲んでいる。どんな妖物が巣食《すく》っているかは、決して明らかにならないからだ。

誰にも見られていないのを確かめながら、瓦礫《がれき》の奥へ進むと、マンションの跡へ出た。上階は全て失われ、一階の床だけが残っている。瓦礫もなかった。

せつらは地下への階段を下りた。

駐車場に出た。

上の荒廃からは想像もつかぬ光景が迎えた。

中央に白いドレス姿が立っていた。

「和服のほうが似合いますね」

とせつらは言った。茫洋《ぼうよう》と。

「何処へ行っていたの？」

「〈十二社《じゅうにそう》〉」

「あなたの家ね」

「何を作ってらっしゃるのですか？」

せつらは、楓のかたわらに立つ人影を見つめた。

頭部も胴も四肢《しし》も備《そな》えた人形だ。髪の毛も、眼球もついている。衣裳を着せれば、完成だ。

「いちばんよく出来たわよ、せつらさん」

「僕よりも？」

声も顔つきも、のんびりとしたものだ。

「そうね。でも、まだわからない。生命を与えてみないと」

「それ以上は——やめてくれませんか？」

「そうはいかないわ。あなたを斃《たお》せる相手を仕上げないと、私の気が済まないの」

立ち尽くす人形の唇に楓は自分のものを重ねた。生なきものに生命が宿るのを、せつらは見た。

「奥でせんべいでも焼いていなさい。道具は揃えたわ。それとも——妖糸の練習でもする？」

楓は静かに訊いた。

「………」

楓はせつらを見て、

「〈月光苑〉で巻かれた糸を切り取っておいたの。あなたは節約家じゃないらしくて、一〇メートル分もあったわ。それなら、あなたを斬《き》れるわよ、せつらさん。ただし、使いこなせれば」

「もしも、僕が彼を斃したら……」

低い声には、はっきりと野望が窺えた。

「あなたを、でしょう」

楓は凄絶《せいぜつ》な片えくぼをつくった。

「そのとき、あなたは——」

「彼になる——本物の秋せつらに」

楓はうなずいた。

「あの人は——強い」

と歌うように言った。

「あの美しさにふさわしく強い。闘《たたか》ってみる？」

「勿論」

と人形がうなずいた途端、せつらは、楓が話しかけたのが、自分ではないと気がついた。

せつらはうなずいた。いま生命を得たせつらが。

それは人形ではなかった。

いつの間にか手にしていた黒いコートを、楓は彼の肩にかけた。

新しいせつら、ここに成る。

「お行きなさい」

そのせつらは楓に一礼して、戸口の方へ歩き出した。そこに立つせつらには一瞥《いちべつ》も与えなかった。

「——他のせつらのところへ？」

「いちばん新しいせつらさんを試すのよ」

「なぜ、僕に行かせない？」

「あなたはこれまででいちばん。今は、彼を待ちましょう」

楓はちらと足元へ眼をやってから、戸口へ戻した。

帰って来たばかりのせつらは、出て行ったせつらの後を追って立ち去った後だった。

「困ったお人形さんねえ、作り主の言うことも聞かないで」

楓の低声は、それを捧《ささ》げた相手のことなど、どうでもいいと告げていた。

4

正午に、せつらは〈新宿駅〉前のホテル「セニョーラ」で、二日前に依頼された〈区外〉の女子大生を両親に引き合わせた。

〈区外〉では名の知れた製造業者の娘は、在学中に結婚しろという親の言い分が気に入らず、恋人のいる〈魔界都市〉へと逃亡したのである。恋人の抵抗は難なく覆《くつがえ》され、せつらはいま娘を両親に引き渡した。

そっぽを向く娘を睨みつける母親のかたわらで、父親は何度もせつらに礼を言った。

「で、彼のほうは？」

娘の恋人のことである。

「部屋にいます。今、解放しました」

恋人を縛っていた妖糸をほどいたのである。

「彼は〈区外〉へあたしを追いかけて来るわ」

娘は歯を剝いた。

「政略結婚なんか、絶対に認めないって言ってたんだから。何回でも逃げてやる」

「そのたびに、この人に――」

と言って、父親は眉《まゆ》をひそめた。

せつらが立ち上がったのである。

「振り込みをよろしく」

と言って、せつらは戸口へ向かった。勘定は依頼人である。

外へ出るや、せつらは妙な歩き方をした。水溜《みずた》まりを避けるみたいに、ぴょんぴょん跳びはねたのである。
七、八回やらかしてから、普通に歩き出して、じき、〈駅ビル〉に入った。
東口の改札口は、すべて地下一階にある。

〈魔震〉の影響で幾たびもの修復も不調に終わり、今も天井の崩壊、床割れや悪霊の跳梁《ちょうりょう》が熄《や》まぬ構内には、スリルを求めるパフォーマーや、やむにやまれぬ事情を抱《かか》えたホームレスくらいしか訪れる者はいない。

せつらはそこへ入った。

身体が重く、底冷えするような寒さが沁《し》み込んで来る。妖霊の侵寇《しんこう》がはじまったのだ。

西口へと続く元JRの改札を右に過ぎ、ひび割れだらけの壁面がそびえる中央部に達したとき、

「ようこそ――秋せつら」

笑い声の混じった呼びかけが降って来た。

天井に蝙蝠《こうもり》のような黒い影が逆《さか》しまにぶらさがっていた。

その姿。その美貌――美術品のように美しい。

せつら自身であった。

「あえて、本物とは呼ばないよ。それはじき僕の呼び名になる」

「僕にしちゃ自信たっぷりだ」

天井のせつらは笑い声をたてた。

緊迫どころか、どちらものんびりした物言いである。笑いすら間延びしていた。

「楓さんの作品かな?」

と地上のせつらが訊いた。

「その言い方はやめてもらおうか」

「作品作品作品」

とせつらは五回繰り返して、

「生まれは何処だ?」

「どうせ死ぬんだ、教えてやろう――〈高田馬場駅〉前の廃墟だよ」

「いっぱいいる?」

「目下は六体かな。今も製造中だ」

「体《たい》って言ったぞ」

天井のせつらの表情に白い怒りが走った。

光る糸が二人をつないだ。それは、楓から手に入れた妖糸であったろうか。

地上から走った別の光がそれを弾《はじ》いて、天井へ死の切れ味を送る。

天井のせつらが身を躍《おど》らせた。

着地の寸前、大きく後方――〈三菱《みつびし》ＵＦＪ銀行〉のＡＴＭの前に舞い下りた。着地の寸前、別の糸が足を狙ったのである。

しかし、その足は膝《ひざ》からずれた。彼は再び天井に舞い上がり、地上に残った膝から下が、ぼんやりと立っていた。

「ありゃ」

と地上のせつらが洩らした。

「わかるかな、首に巻きつけたぞ」

と、天井のせつらはのんびりと言った。茫洋たる、しかし、絶対的な死の宣言であった。

「ここへの着地は君の油断を誘うためだ。膝から下は、またこしらえてもらう」

「こしらえると言った」

今度は、はっきりとした怒りが、天井のせつらの顔を埋めた。それも美しい。

「とにかく――これでおしまいだ。秋せつらはひとりきりになる」

「残りはどうするんだ？」

「破壊する。秋せつらは僕ひとりで充分だ。それに、僕にくらべれば、奴らは出来損《そこ》ないさ」

また笑おうとして、彼は沈黙した。

死の決まったせつらは何もできずにそこにいる。あとは首の糸を絞めればおしまいだ。天井のせつらはそう思った。

そして、違うことに気がついた。

状況にあらず。

地上のせつらが違うことに。

驚愕《きょうがく》が全身を埋め、それが新たな戦いへの緊張に変わる寸前、彼の首は落ちた。

戻って来たせつらを、楓は無言で迎えた。当てられた視線の静かさに、耐えられなくなったかのように。

「いちばん新しいせつらは死んだよ」

のんびりと言った。

「新しい自分がよ」

「次のはいつ生まれる？　いいや、いつ出来る？」

「もうやめたわ。きりがない」

「そうか。じゃあ、僕がせつらを斃すしかないわけだね」

「そうね」

楓はさっぱりした表情で応じた。

「僕はせつらになる。でも、それでどうなるんだ？　そのときあなたは、どうするんですか？」

楓はせつらに近づいた。荒涼《こうりょう》たる地下室を、午後の光が白く光らせている。

「綺麗だこと」

白い手が、せつらの頬に触《ふ》れた。ある思いがこもり——ふっと消えた。

「本当に綺麗」

本気だが、紙のような楓の声。

「だから、私はあなたを——」

「黙って」

「――でも」

「その先も、これ」

せつらは唇に人さし指を当てた。

「あなたも美しい。僕以上に。だから、あなたは僕を――作り出したと思っていました」

「いいえ、そのとおりよ」

せつらは眼を閉じ、そうですか、と言った。そのあとに何万言も秘めているような言い方だったが、やめた。

「あなた、あなたを殺したわね」

楓は少しも変わらない口調で言った。

「…………」

「ドローンのカメラで見ていたわ」

足元に小鳥のような物体がとまっている。

「相手を間違えたんじゃなくって？」

「秋せつらを葬《ほうむ》るのは僕です」

「あら、ずいぶんと男らしいのね。知らなかった」

「他にも色々と」

「何もかも知っているつもりだったんだけど。意外、何も知らないのと同じかな」

「かもしれませんね」

せつらは部屋の半分を仕切るプレハブの壁と、扉に眼をやった。

「いつか入れてくれるのかな？」

「そろそろよ、あなた」

楓は右の袖《そで》をめくり上げた。

白い木で出来た前腕と丸い肘関節であった。

「もう少し、待ちましょう」


少しとは言えなかった。

月が出た。楓と別のせつらが〈コマ劇場〉の上で見上げたのと変わらぬ青い月であった。

楓は立ったまま、せつらは床に横たわっていた。

人影が下りて来たとき、せつらは立ち上がった。

入って来たのは、せつらであった。

「どうしてここへ来られたか、わかっているわね？」

楓が訊いた相手は、立ち上がったばかりのせつらであった。

「さっきまで気がつきませんでした」

「糸は外してあげて。彼は闘わなくてはならないの」

楓は入って来たせつらに申し込んだ。

「はいな」

のほほんとした返事と同時に、帰って来たせつらが右手を上げた。

やって来たせつらが両手をふった。

その右肩が裂け、黒衣《こくい》に鮮血がとび散った。

「綺麗」

とつぶやいた楓の眼には、それがどう映ったのか。

一〇〇〇分の一ミクロン——チタンの糸は、不可視の空間で躍り、流れ、断ち、切った。

優雅としか見えない二人の腕の動きは、生と死を切り分ける死神の鎌であった。

やって来たせつらが左の脇腹を押さえてよろめいた。

「やった」

もうひとりのせつらが、Vサインをこしらえた。

「実力が同じ——でも、これが違う」

彼はやはりコートの左脇腹に手を当てた。すっぱりと裂けたそこから、黒光りする鋼《はがね》の表面がのぞいていた。

「駅から戻る途中に表で拾った鉄骨の一部さ。五〇ミリもある。それでもほぼ真っ二つだ。恐ろしい業《わざ》師《し》だね」

「目的は何だ？」

切られたせつらの問いは、楓に向けられたものである。

「彼のは、あなたになることよ。〈新宿〉に愛された二人のうちのひとりにね」

「他の連中はどうした？」

「ああ、さっきまとめて始末しといた」

と帰って来たせつらが応じた。

せつらはまた楓へ、

「黙って見てた？」

「みな失敗作だしね」

「なぜ、こしらえた？」

「どうでもいいさ」

ともうひとりのせつらが言った。

「結局、残ったのは僕ひとり。それで何もかも元通りだ」

「そうね」

楓の瞳にはせつらが映っている。どちらのせつらだったのか。

その眼が大きく見開かれた。気づいたのだ。

やって来たせつらはやや顔を下げていた。二人はその表情を見定めようとしたが、上手くいかなかった。

「そこの僕は、これを見る前に同類の首を切った」

と、俯《うつむ》くせつらが言った。

これを見ていたら、二人目のせつらには何ができただろうか。

伏せていたせつらの顔が上がった。そして、言った。

「私に会ってしまったな」

何もかも同じだ。しかし、決定的に異《こと》なる自分に、もうひとりのせつらは茫然と立ちすくみ——それも一瞬、床を蹴るや空中に舞い上がった。

そこからふり下ろした妖糸は、数カ所で分断され、地上から音もなく迸《ほとばし》る糸ひとすじ——彼は縦に裂けて、地上に叩きつけられた。

ぎくしゃくととび散った身体は、白木《しらき》の人形のものであった。楓の顔には恐怖でも驚きでもなく官能の色が濃かった。

「まさか、もうひとりいたなんて。あなたと争えば、こうなるのはわかっていた。だから、彼らを作ったのよ。あなたと同じ美しさを持つ人形たちを。どれも失敗だった。結局、残ったのは、あなた」

そして、

「私はただ、あなたと一緒にいたかっただけ。二人してこの街で生きていたかっただけ。ひとりじゃとても生きてけなかった。あなたに会った瞬間から」

「僕に打ち明けてみるべきだった」

と、せつらは言った。その前で、楓は奥の壁と扉の方を向いた。

「いらっしゃい」

二人は扉を抜けた。

王宮のごとき室内であった。

天井を飾る絵画とシャンデリアのきらめき。豪奢《ごうしゃ》な家具調度を巡《めぐ》る芳香を、月光が水泡のように照らし出している。

天井に大きな穴がひとつ開き、そこから差し込んでいるのだった。

楓が椅子をすすめた。

二人して大理石《だいりせき》のテーブルをはさんで坐《すわ》り、奥の小さなドアから、四つの黒衣がお茶を運んできた。

みな、せつらだった。

「いま死んだあなたに殺されてから、新しく作ったの。みな出来損ないよ」

「どうして？」

「あなたの数が多くても、あなたひとりには敵《かな》わないって、納得したかったのよ」

「それはそれは」

「向こうの部屋には、プレゼントの山よ。彼らを外へ出したら、通りすがりの女の子たちが、その場で買ってきたの。ＴＶが取材を申し込んで来たらしいわ」

楓はティーカップを置いて、お茶の表面にゆれる月を見上げた。

「月が出てから来てくれたのね。嬉しいわ」

「昼間は用があってね」

楓はうすく笑った。

「私は帰らないわ」

せつらは何も言わなかった。カップを持とうともしなかった。彼のやることはひとつしかなかったのだ。

ころん、と楓の首が落ちた。それが床に落ち、身体もがたがたとそのあとに続くのを見てから、せつらは立ち上がった。

ドアの前でふり向いた。

荒涼たるコンクリート打ちの部屋が月光の下に広がっていた。

傷だらけの椅子とテーブルの下に、白いドレスの人形が横たわっていた。

その向こうに黒いコートをまとった同類が四体。

何も言わず、せつらはドアを抜けた。

月光と人形がひっそりと残った。

女の顔に、
おや。涙が。

客の後ろに誰がいる？

1

〈魔震《デビル・クエイク》〉以来、〈新宿〉のタクシー運転手《ドライバー》は、おかしな客に慣れなければならない。

　魔除《まよ》けの品々は車内のいたるところにちりばめられているが、死霊《しりよう》、悪霊《あくりよう》たちは、運転手たちの心身の疲れや衰弱を衝《つ》いてやって来る。

　運転手たちの数が減らないのは驚くべきことであった。その理由が「慣れ」なのだ。

　死者や幽的《ゆうてき》を乗せたからといって、おたついていては、一日で廃業しなくてはならない。彼らは催眠術、暗示、精神強化訓練などを受けて、ハンドルを握る。無論、護符《ごふ》、お札《ふだ》、お守りの類《たぐい》も欠かさない。そうして慣れていく。

〈魔震〉からX年、それ以前から走らせていた津崎《つざき》竜三郎《りゆうざぶろう》は、通算四十X年のベテラン運転手であった。

　ただし――

　四〇年勤務した会社でも、猪突《ちよとつ》――〝チョトツ〟と呼ばれた暴走ギリギリのドライビングテクニックは、今でも健在で、急ぎの客でさえ喜ぶどころか悲鳴を上げる。津崎も内心それを愉《たの》しんでいた。

　中には文句を言う客もあったが、

「お客さんが急いでくれって言うからよ」

で済んだ。

　四日前の夕刻、〈面影橋《おもかげばし》〉から〈新目白《しんめじろ》通り〉を流していた車は、左折して〈明治《めいじ》通り〉へ入った。

　小雨が光の少ない街なみをいっそう暗く見せている。

「しけた日だぜ」

と津崎は吐き捨てた。朝の九時から流して四人の客しかない。しかも揃《そろ》ってワンメーターときた。

「厄日《やくび》だ」

と口を衝いた途端、灰色の世界の右方の通りにコート姿の人影が見えた。髪が長い。女だ。前後に車はなく、対向車もゼロだ。

ためらいもなく、中央分離帯を越えて、ブレーキをかけながらハンドルを右へ切る。

女の前でぴたりと停《と》まったのは、驚くべきテクニックであった。

女は反応を示さなかった。くすんだ世界に白々《しらじら》と浮き上がった無表情が、その背後の石柱に刻まれた「金剛《こんごう》神社」の文字を、津崎の眼に灼《や》きつけた。

「――ひょっとして――いや、寺じゃねえしな」

ドアを開けると、女はすぐ身を入れて来た。津崎がやって来たのと反対側を見て、

「来るわ」

と言った。来たな、と思った。

「どちらまで」

「とりあえず出してください」

「へーい」

スタートさせながら、バックミラーを見た。相変わらず空っぽの通りであった。

左折した地点の少し前で、

「どちらまで?」

と繰り返した。

はっきりした声が、

「最後は〈十二社《じゆうにそう》〉へ。それまで適当に走ってください。いいところで声をかけます」

「こらいいや、面白《おもしれ》え」

津崎はアクセルを踏んだ。

少しの間、女はリアウインドを何度も覗《のぞ》いていたが、やがて安堵《あんど》の表情になった。

「――こりゃあ、別嬪《べっぴん》だ」

津崎は口に出した。

「あれかね、悪い奴《やつ》らに追われてるのかね?」

「悪くはありません」

女は眼を閉じたまま答えた。

「でも、よくもないわ」

「へえ」

津崎は沈黙した。いわくあり気《げ》な客というのは、不安を紛《まぎ》らわすために、自分から会話を求めたり、黙《だま》っていても、水を向けるととめどなく胸中《きょうちゅう》の吐《と》露《ろ》を開始したりする。不安の核心に触《ふ》れるときもあれば、他愛《たわい》ないおしゃべりだったりする場合も多い。津崎も相手を見て声をかける。

今回ははばかられた。

言葉どおり、女は追われるものを負っている。そう見えた。追跡者が人間か妖物《ようぶつ》かはわからない。二十歳《はたち》前後と思《おぼ》しい女を、それも凛《りん》とした美女を、不安と恐怖に苛《さいな》む存在なのは確かだった。

——ひょっとして〈十二社〉の

ある人物の名前が浮かんだ。すぐに、店名が続いた。

——この女、自分が追っかけられてるのに人捜《さが》しか

ふと思った。

初春——三月の頭に、せつらは〈秋《あき》せんべい店〉の前で個人タクシーを拾った。

でかくて柄《がら》の悪そうな運転手は、せつらを見ると、表情を変えたが、「〈伊勢丹《いせたん》〉」と告げると、黙ってスタートさせた。

「あんた、秋さんだろ？　人捜し屋の？」

「どうして？」

「そりゃ、その顔と乗せた場所見りゃわかるさ。〈十二社〉を走るときゃ、必ずサングラスをしろって言われている。おかしなこと訊《き》くけど、四日前の晩、女の依頼人が行かなかったかい？」

返事がないと知ると、運転手は焦《あせ》ったように、

「いや、あんたの店の近くまで乗せたんだが、どうも気になってよ」

「どして？」

面白いことに、せつらも興味を持ったらしい。運転手の風貌《ふうぼう》と他人を気にかけるという行為が、どうしても結びつかなかったせいかもしれない。

「おお、聞いてくれるか？　実はよお」

「へえ」

せつらの反応は短かった。

「――本当に行ってねえんだな？　わかった」

運転手は〈青梅《おうめ》街道〉の方へハンドルを切って、

「ひとつ依頼させてくれねえか、その女を捜してくれ」

「………」

「時間も金も糸目はつけねえ。何とか見つけ出してくれ。無事でいたら、何にも言わねえでいい。黙って帰ってくれ」

「どして？」

せつらでなくとも、これは訊きたくなるだろう。一見《いちげん》の客を乗せた運転手が、縁も所縁《ゆかり》もない客を捜し出してくれと言う。しかも、無事でいるのを確かめたい――それだけの動機でだ。

「うーむ、そう言われると――」

「知り合いかな？」

「いや、ただの客だ」

「じゃあ、何故《なぜ》？」

「うーむ」

「追われてるから？」

「多分な」

「それだけで？」

津崎は眼を細めて考え、

「それはだな――あれだ」

と言った。

ようやくわかった。

「あれだ――死んだ娘に似てるんだ」

「そうだ。そうだ。娘はよ、千里《ちさと》ってんだ。一八のとき、交通事故で死んじまった。運転手の娘が車とぶつかったなんて、笑い話にもならねえやな。ひょっとしたら、この街なら客として乗ってくるんじゃねえかなとも思ってたが、それもねえ。あの客も実はそんなに似てたわけじゃねえんだ。乗せたとき気がついてたさ。ただ——気になる理由は、それだ」

「承知しました」

津崎はとび上がりかけた。

「おお、本当かよ⁉　ありがてえ。嬉《うれ》しい、礼を言うぜ！」

「車内レコーダーは？」

「おお、あるとも。ちゃあんと映ってるぜ。すぐにダビングして送るよ。連絡先を教えてくれ」


その晩、津崎は早めに帰宅した。〈山吹町《やまぶきちょう》〉の2LDKマンションには、妻の多恵子《たえこ》が待っている。

戸口で彼を見て、

「いいことがあったのかしら？」

と微笑した。

「おお。いい男を乗せちまってよ」

「いい男？」

上気《じょうき》した夫の顔を眺《なが》めて、

「ひょっとして、あの御二人の片方？」

言うまでもない。〈新宿〉の美形《びけい》といえば、秋せつらにドクター・メフィストと決まっている。

「おお、人捜し屋のほうだ」

「いいわねえ。あたしも一度見てみたいと思ってるんだ。どんなふう？」

「どんなふうもおめえ、頭の中に靄《もや》がかかってさ、ハンドル握る手も震えてるんだ。よくぶつからなかったぜ。いや、前に乗せたことがあるって奴が、不思議と乗せてる間は何とかなったが、降ろした途端に、ぶつけ放題で、四、五日休んだとか言ってた」

「魔法にでもかけられたのかしらね」

「ああ。あの顔は魔法だぜ」

夕食を済ませ、風呂へ入ってから用意のビールを一本空けて、さて二本目に手をかけたとき、

「あン？」

と津崎は天井を見上げてから、四方を見廻《まわ》した。

「どうしたの？」

多恵子が訊いた。

「声が聞こえねえか？　女の泣き声だ」

「――何にも。ねえ、頭ぶつけてない？」

「うるせえ。確かに――」

「そう言えば」

と多恵子も耳を澄まして、急ににんまりと、テーブルの上を指さした。

「携帯よ。そう言えば女の声よねえ。でも受けてないわよ」

平然を装《よそお》って津崎は携帯を耳に当てた。ＯＮになっているスピーカーを切って、

「もしもし」

凄《すご》みたっぷりの声を出す。喧嘩《けんか》相手の半数以上が、これで尻尾《しっぽ》を巻いた実績があった。

「津崎さん？」

「おお」

覚えていた。忘れちゃいないぜと言ってやりたかった。

「前に、〈金剛神社〉の前から乗った者です。いただいた名刺《カード》でかけています」

名前と携帯の番号を記《しる》した営業用のカードを渡してあったのだ。

「おお、急用かい？」

「ええ。〈大京町《だいきょうちょう》〉の〈霊願寺《れいがんじ》〉の前にいます。すぐ来てもらえませんか？」

ちら、と女房の方を見て、

「わかった。そこにいてくれ。一〇分で着く――というわけで出かける。仕事だぞ」

こちらの台詞《せりふ》は、多恵子向けである。

「はーい、結構。行ってらっしゃいな。あたしも出かけるわ」

「何処《どこ》へ行くんだ？」

「何処だっていいでしょ。早く行きなさいよ」

明らかにヘソを曲げている。

「わかったわかった。じゃあな」

と着替えて冷蔵庫から、ウインナーを一本咥《くわ》えて外へ出た。

到着する直前に、津崎は物入れからS&W《スミス・アンド・ウエッソン》の「アンダーカバー」を取り出し、輪胴《シリンダー》を倒して六発の弾丸を確かめた。浄霊《じょうれい》仕様だから、悪霊にも人間にも効果はあるはずだ。

ライトの光輪《こうりん》の中に浮かび上がったのは、確かにあの娘だった。前より数倍切迫《せっぱく》した表情が、通りの左右に津崎の眼を光らせた。

すぐに乗り込んで、

「ありがとうございます」

と娘は礼を言った。タクシーは走り出した。

「また追われてるのかい？」

「ええ。今日はもう少しで捕まるところでした。タクシーが通らなくて」

「そうかい——そいつらが止めてるんだ」

「——やっぱり」

「余計なお世話だろうけど、何に追われてるんだい？　ヒュードロドロか？」

「似たようなものです」

「逃げ廻るより、お祓《はら》いしてもらったほうが早《はえ》えんじゃねえか？　いいとこ知ってるぜ」

「いいえ——あの〈十二社〉へお願いします」

「またかよ⁉」

つい出てしまった。

「ええ」

「これも余計なこったが、目的地はせんべい屋かい？」

「せんべい？」

あっと思った。

「——いや、何でもねえ。わかった。けど、追っかけてる奴らにゃあ、嗅《か》ぎつけられてねえのかい？」

「大丈夫です」

「なあ、あんたと会ったのは四日前だ。なのにまだ逃げ廻ってるなんて、まともな事態じゃねえ。打つ手は打ったほうがいいぜ」

ルームミラーの中で、白い顔が津崎を見つめていた。

「どうして、心配してくれるのですか？」

「そ、それは、あれだ——あんた、女房に似てるんだ」

「奥さんに？」

「おお——もう死んじまったけどよ」

「それは」

「おーっと、辛気臭《しんきくせ》え顔はやめてくれ。とにかく、どうなんだい？」

「いえ。気にしないでください。何とかなります」

「真面目《まじめ》に訊くが、本当かよ」

娘は沈黙した。

「な、ならねえんだろ。いいとこ連れてってやるよ。そこで相談しな」

「いけません——その人に迷惑がかかります！」

「大丈夫だよ。この道四〇年の除霊屋《じょれいや》で、おれとは小学校の頃からの悪友《ワルダチ》よ。ただ、確認しときてえが、追っかけて来る奴らは、人間以外のものなんだな？」

「——はい」

「よっしゃ。そんなに恐縮することあねえさ。お安い御用だ」

近づいて来た交差点を、彼は右へ折れた。

2

目的地——〈浄安寺《じょうあんじ》〉の門前には、多恵子が待っていた。

「何だ、どうしてわかった？」

と訊くと、

「多分、ここだろうと思ったのよ。悪霊、浄霊——幼馴染《おさななじ》みの生臭坊主《なまぐさぼうず》んところ、と思ったら、ドンピシャだったわ」

「やれやれ」

「そちらが追っかけられてるお嬢さん？　まあ、綺麗《きれい》だこと」

「だから追っかけられてんだ」

「え？　本当？」

「いいえ、違います」

娘は首を左右にふった。

「あたし、津崎多恵子。こっちの運ちゃんは夫の竜三郎。あなたは何て呼んだらいいの？」

「あ。桂木《かつらぎ》です。沙和《さわ》といいます」

「お名前も綺麗ねえ」

と答えてから、二人を交互に見て、

「あの――お亡くなりに？」

「え？」

「何でもねえ、行くぞ」

と津崎が喚《わめ》いた。

多恵子はじろりと背後の門をふり返って、

「ねえ、大丈夫なの？」

「大丈夫だ」

と津崎は胸を叩《たた》いた。

「あの――何か？」

不安そうな沙和へ、

「いえね、確かに除霊の腕はいいんだけど、大酒飲みの女好きでね。十中八九はポカやるのよ。落としたけど、すぐに出てくるとか。しかも、前より強くなって」

「あの――私、これで」

尻込みする沙和の腕を津崎が摑《つか》み、強引に門をくぐった。

沙和が眼を見張った。

本堂の屋根は崩れ、建物自体がワンタッチで崩れそうなほど歪《ゆが》んでいる。周囲の庭や林は雑草がはびこり、狐《きつね》や狸《たぬき》が時代を間違えて跳梁《ちょうりょう》しそうな荒《こう》廃《はい》ぶりである。

「かえって、お化けが追いかけやすくなるんじゃないの？」

と多恵子が軽蔑《けいべつ》しきった声を出した。

「うるせえぞ――来い」

庫裡《くり》の扉を叩くと、少しして、

「何じゃらほい？」

皺深《しわぶか》い声が眠そうに応じた。

「おれだ。津崎だ。仕事だ、開けろ」

「明日にしろ。今日は酔ってる」

「いつもじゃないの」

多恵子が応じた。露骨《ろこつ》に嫌がらせの口調だ。

「多恵子も来てるのか――仲がいいことだ。さっさと帰れ」

「そうはいかないのよ」

多恵子はドアノブを摑んで、ガタガタゆすった。

「若い娘さんがおかしな奴らに取り憑《つ》かれて困ってんだからね。早く落としてやんなさいよ。火ィつけるわよ」

「――わかった、いま開ける」

諦《あきら》めたらしい声と同時に、ロックを解《と》く音がした。

「それっ！」

多恵子が引き開けて、三人が雪崩《なだ》れ込んだ。


「何よ、それ？」

多恵子の呆《あき》れ顔の先には、真っ赤なパジャマを着た坊主頭が、憮然《ぶぜん》と立ち尽くしていた。

「いい趣味だな、え？」

と津崎も眼を丸くしたが、すぐに、

「こいつが今夜の正義の味方だ。和風エクソシスト、『浄安寺』の珍念和尚《ちんねんおしょう》だぜ」

「じゃーん」

と赤パジャマが両手を広げてVサインを作った。

乗りやすい性格らしいが、エクソシストとはどう見ても無縁だ。

珍念は三人を本堂に導《みちび》いた。

その間、多恵子は珍念珍念と言い続けた。

ボロ本堂には不似合いな菩薩《ぼさつ》像の下で、儀式がはじまった。儀式といっても、赤パジャマを法衣《ほうえ》に着替えた珍念と、正座した沙和が読経《どきょう》を開始しただけの話である。

津崎夫婦は沙和の後ろに神妙な顔で控えていた。

最初は南無阿弥陀仏《なむあみだぶつ》と常識的な読経だったものを、突然、珍念は中止し、

「これは――何に追われておるのか？」

と眼を剝《む》いたのである。

三人の視線が沙和に集中した。

読経が開始されたときから、沙和は俯《うつむ》いていたが、きしるような声で、

「――あいつらです」

と言った。

「あいつらとは？」

「夫の家族――です」

津崎は、ほおと驚きを込めたが、残る二人は、うむとうなずいて見せた。

沙和は〈余丁町《よちようまち》〉の商事会社に勤めるＯＬであった。

二年前、結婚した。

「それはわかってるんです。でも、どうしてそうなったのかが、よくわからないんです」

「どういうことだ？　納得ずくで一緒になったんだろうが？」

「だと思うんです。でも、いつ知り合って、どうやって結婚までいったのか、ちっともわからないの」

式を挙げたかどうか、そのとき誰が一緒だったのかも覚えていないという。彼女の両親と弟は〈区外〉の列車事故で亡くなっており、沙和は天涯《てんがい》孤独の身であった。

「それから、アパートで彼と暮らしはじめて――」

ここで言葉に詰まり、沙和は急に泣きはじめた。

「どうしたの？」

多恵子がその肩に手を当てて訊いた。

「ああ、こんなことってあるの？　どうしようどうしよう、私、誰と結婚したの？　誰と暮らしてたの？　ああ、思い出せません。彼の顔も名前も何もわからないんです」

今度は三人が、ふむふむとうなずいた。〈新宿〉ではよくある現象で、これを〝妖婚〟という。

読んで字のごとく、人間と異界のものが契《ちぎ》りを結ぶのだ。古くは「雪女」、或《ある》いは安倍保名《あべのやすな》の妻として仕《つか》え、後に晴明《せいめい》を産む女狐《めぎつね》の物語――信太妻《しのだづま》伝説を想起すればよい。時として、相手は人間の姿も取り、事実を元にしたと言われる小説「シャルケン画伯」には、人間と死者は一緒に暮らせないと絶叫する淑女《しゅくじょ》が登場する。死霊と人間の同棲《どうせい》など、この街では比較的ありふれた事態なのであった。だが、尋常《じんじょう》な結婚生活と同様、破綻《はたん》を来《きた》すときもある。その際、死霊がどう出るかは数多くの怨霊譚《おんりょうたん》に明らかだ。

　沙和の場合もそれに該当するらしかった。

「一緒にいた間のこともか？」

　珍念が訊いた。

　全てではないが、覚えていると沙和は答えた。

「今のアパートで普通に暮らしていたんです。あの人も勤めに出て」

　勤め先は覚えていないという。

「会社の人が来たこともありましたけど、どんな人かは記憶にありません。まるで夢の中にいるみたいで。同僚も上司の人も来て、楽しく騒いだのは確かです」

「相手の両親は？」

　多恵子の問いである。突いて来た。

「それが、式のときだけで、一度もやって来なかった――と思います。いいえ、絶対に来なかったわ。あんな人たち」

「あんなって、覚えているのね？」

　多恵子の視線から眼をそらすように俯いて、

「そう……です。そうなんですけど……具体的にどんな顔かとなると、全然」

「こらあ聞いたことがねえ話だなあ」

　津崎が腕を組んで、口をへの字に曲げた。

「向こうは何人だね？」

　珍念が聞いた。

「両親と姉が二人」

「小姑《こじゅうと》が二人で、しかも女——危ないのお。大事な息子と弟を奪った憎たらしい女、くらいに思われてるだろうからな。しかも、化物じみてるときた」

「化物よ、莫迦《ばか》ね」

「何じゃい、それは」

主婦と坊主が睨《にら》み合ったのを、津崎がなだめて、

「で、そいつらは、あんたをどうしようとしてるのかね？」

「はじめて乗せていただいたのは、離婚を切り出したすぐ後だったんです。そしたら、五分としないうちに、四人でやって来て、私を責めたてはじめました」

いよいよ本題か、とみな聞き耳をたてたが、沙和はまた悲痛な表情をつくった。

「でも、とても怖かったとしか記憶にありません。あのとき、この人たちは人間じゃないんだと思いました。夫も同じなんだって。思い出せませんが、それに気づいて離婚を切り出したんです」

「ふむ」

と三人。

「でも、どう違うのかと訊かれると、それも——。とにかく怖かった。それで逃げ出したんです。その日は〈十二社〉の友人のところへ行き、今日まで隠れてたんですが、やっぱり追いかけて来ました」

「よくある話だ——しかし、一家揃ってというのは凄いな」

珍念が腕を組んだ。

「結束が固いわね」

多恵子も苦笑した。苦笑できるのが凄い。

「ん？」

珍念が大扉の方を向いた。

「来たぞ」

「やだ！」

沙和が多恵子にすがりついた。

「大丈夫よ——イケる？」

「わからん。かなりキツいな。津崎——庫裡の方か

ら逃げられるようにしておけ。おお、身体《からだ》中が針に刺されるようだ」

「あら――」

多恵子が自分を抱きしめた。

「早く祓いなさいよ」

「よ、よし」

珍念が両眼を吊《つ》り上げて、南無、と唱《とな》えた瞬間、声は思いきり沈んだ。前のめりになりつつ、彼は血《けつ》塊《かい》を吐いた。三人が悲鳴を上げて身を躱《かわ》す中を、床に顔から突っ込んで、動かなくなった。

「危《やば》い！」

津崎が叫びざま、庫裡へと続く廊下の方へ眼をやって、沙和の腕を摑んだ。

「逃げるぞ！」

声はぴたりと熄《や》んだ。

廊下との境目に長身の若者が立っていた。漆黒《しっこく》のコートの上の美貌《びぼう》は、三人に恐怖さえ忘れさせた。

恍惚《こうこつ》と立ちすくむ中で、津崎が叫んだ。


「あ、あんた――人捜しの!?」

「秋です」

「こ、この人を捜しに来たのか？」

「いえ、別件で」

「え？」

「倒れてますね。『浄安寺』住職、珍念こと座間《ざま》郡《ごおり》豊《ゆたか》さん――ある家族から、捜索依頼がありました」

それから、珍念に近づいて、脈を取り、瞳孔《どうこう》を調べて、

「死んでる」

と言った。

大扉が鳴った。外から誰かが叩いたのだ。ここまで沙和を追って来たものたちが。

名前が呼ばれた。若い男の声である。沙和はすくみ上がった。

「怖い。帰って」

多恵子に抱きついて叫んだ。

男の声が応じた。若い。夫だろう。

「何言ってるんだ、おれだよ。みんないる。帰って話し合おう」

「嫌よ、帰って。誰にも会いたくない」

「いい加減《かげん》になさいよ、沙和さん」

若い女の声は刃《やいば》のような鋭さを持っていた。

「義姉《ねえ》さん」

「理由もないのに、離婚してくれだなんて言い草が通用するわけないでしょ。早くここを開けなさい」

「ちょっと、待ちなさい」

落ち着いた声が制した。年配の、充分な分別を備《そな》えている男——桂木某《ぼう》の父だろう。

「私が話そう。な、沙和さん、あんたのやり方じゃあ、我々家族は到底《とうてい》納得できんのだ。さっきは我々もキツいことを言ってしまったが、もう大丈夫だ。私が責任を持って穏《おだ》やかに話させる。だから——」

「駄目なんです、義父《とう》さん。理由は言ったでしょ。生きてる人間は、死人と暮らせません！」

「おかしなこと言うわね」

もうひとつの若い女の声が切り込んで来た。義姉《あね》の片割れだろう。最初の女もキツかったが、こちらの声は爆発寸前だ。

「あたしたちが死人ですって？ 私に言わせれば、あんたのほうがよっぽどおかしいわよ。夫婦や親戚ってものをどう考えてるの？ 出て来なさいよ、説教してあげるわ」

扉が激しく叩かれた。声からすると、ヒステリックだが、普通の人間としか思えない。ただ、こういう状況では会いたくない最右翼だろう。

「それでは」

とせつらが言った。

「え？」

津崎が眼を剝いた。

「ひとりで逃げる気か？」

「逃げませんよ。もう用事はないので」

「おれたちも連れてってくれ」

「勝手について来るなら、別に」

「行く行く」

どん、と大扉が揺れた。拳《こぶし》の殴打《おうだ》ではなかった。体当たりとも言えない。巨大な物理的性質を備えた塊《かたまり》の打撃だった。

「入るわよ」

先の女が叫んだ。

せつらが歩き出した。右手をコートのポケットに入れ、何かを摑み出して、扉の方へ放った。正体は見えなかった。

轟音《ごうおん》とともに大扉が倒れ込んで来た。

躍《おど》り込んで来た影は確かに四つあった。

「いたわよ！」

ひとつがこちらを指さした。

どっと押し寄せる津波のような影たちが、突然、悲鳴を上げて後退した。

みな足を押さえ、二つが倒れた。

「な、なにが？」

立ちすくむ三人の前を、コート姿が廊下へと遠ざかって行った。

3

「あいつら——どうして止まったんだ？」

津崎がそう訊いたのは、車の中である。せつらが隣りで、二人の女は後部座席にいた。

「糸」

とせつらが答えた。

「糸？　そんなもんで、あいつらが？」

「よく斬《き》れるんだな、これが」

「はあ、そういう糸か。けどよ、あいつらは化物だ。いくら斬れるからって、それだけじゃあ」

「珍念を捜しに行ったとき、密教呪法《じゆほう》を使うと聞いた。糸に対抗魔法をかけたんだ」

「ははあん——しかし、いいところに来てくれたな。こんな夜中によ」

「依頼主は他の人捜し屋も頼んだと言っている。早いもの勝ちだと寺に着いてみたら、おかしな連中が入って行くところだった」

「この娘さんの亭主の家族だ」

「愛されてるね」

「やめて！」

沙和は夢中で叫んだ。せつらは眉毛《まゆげ》ひとすじ動かさず、

「きっとまた来る」

とんでもないことを口にした。

「あなた――何とかできるんじゃないの？」

多恵子が視線を落としながら訊いた。

「はて」

「はてって――現にあいつらを食い止めたじゃないの。ねえ、この人の用心棒になってくれない」

「ジャンルが違う。僕は人捜し屋で、ガードマンじゃないので」

「信念を曲げよう」

と多恵子は食い下がった。

「ガードマンなら幾《いく》らでもいます。派遣会社もある。そちらへどうぞ。それと、この時点で津崎さんとの契約は打ち切ります。僕が捜し出したわけではないので。必要経費だけ請求させてもらいます」

「助けてください」

沙和が前部座席《シート》の背を摑んで哀願した。

「だから」

沙和はふり返った。恐怖に見開かれた眼がリアウインドに注がれた。

「尾《つ》いてくるわ」

唇と声が震えていた。

津崎がふり返って、

「何も見えねえぜ」

「いいえ、来るわ」

と多恵子が言った。

「どうする？　また〈十二社〉でいいのかい？」

「いいえ。もう駄目だわ」

と呻《うめ》いて、

「停めてください、降ります」

「そいつはいけねえ。最悪の選択だ。やぶれかぶれになるな」

「やっぱり、ガードマン派遣会社」

とせつら。隣りの渦巻にも関心のかけらも示さない物言いは、いきなり刺されてもおかしくはなかった。

不意に沙和がドアの方へ寄った。

ロックはかけていなかった。しなやかな身体が、闇へと吸い込まれた。

すぐブレーキをかけ、津崎と多恵子がとび降りた。

すぐに諦めた。

車内にはせつらの姿もなかった。

「なんて冷てえ野郎だ。見損《みそこ》なったぜ」

「仕方がないわよ。あの人、無関係だもの。契約は打ち切りでしょ」

「そうか」

津崎は大きく息を吐いた。

「やるだけのことはやったんだ。これから警察にも行かなくちゃいけねえ。諦めるか」

せつらは家へ帰ってすぐ、シャワーを浴びようとして、給湯器が故障中なのを思い出した。

歩いて七、八分のところに銭湯がある。

プラスチックの風呂桶《ふろおけ》に石鹸《せっけん》とシャンプーを入れ、タオルを肩にかけて家を出た。深夜だが二十四時間営業の風呂屋であった。

「いらっしゃい」

番台の女は、はじめて見る顔だった。

男湯に客はいない。水商売を終えた連中の時間帯だった。女湯からも声ひとつ上がらない。番台の女は、うっすらと笑っている。

気にしたふうもなく、せつらは湯殿《ゆどの》に入った。湯舟に浸《つ》かった。三カ所ジェット水流が噴《ふ》き出ている。

うちひとつを心地《ここち》よく背中に浴びながら、せつらは呼吸を整えた。

先刻の出来事などきれいに忘れ去ったふうである。

不意に右方の湯面が盛り上がった。小さな湯の塊が流れ落ちて初老の男の顔を生んだ。無表情な顔が、眼のあたりまでかかった髪を拭《ぬぐ》って、にんまりと笑いかけて、陶然《とうぜん》と溶けた。そいつが沈む前に、せつらは湯舟を出た。

気にもせず、シャワーを浴びて髪を洗いはじめた。

脱衣場の仕切りのガラス戸が開く音がした。濡《ぬ》れたタイルを複数の足音が近づいて来た。

それはシャンプーの泡を立てるせつらを取り囲んだ。

「お背中流しましょうか?」

若い女の声が訊いた。「浄安寺」で、最初に沙和を罵《ののし》った声に似ていた。

「いいや」

とせつら。

「そう言わず」

二人目の声も、寺でのものである。

「結構」

とせつらは流した。怯《おび》えも緊張もない。囲んだほうにすれば、張り合いがないことおびただしいだろう。

「そう言わずに」

ネットが背中に当てられた。

「私たち家族はいつも一緒よ」

と最初の声がささやいた。

「番台と湯舟とおまえたち——ひとり足りない」

「弟なら、あの女のところへ行ったわ。ひと思いに始末してしまえばいいものを」

「こっち側の女と上手《うま》くいくはずがないのに、二年も無理して、挙句《あげく》の果てに、気味が悪くて我慢《がまん》ならないから別れてくれだって。みっともないこと」

「でも——綺麗な肌ね。こちらの男とは思えないわ」

「ほんと。腐らすのが惜しいわ」

せつらの首に腕が廻された。

「冷たい？　氷みたいでしょう？　シャワーもほら」

　せつらの髪にあたるのは、冷水であった。

「やれやれ」

　とせつらはシャワーを止め、タオルで頭を拭《ふ》いている。

「落ち着いてお湯も浴びていられないとはね」

　彼は左へ首を向けた。

　黒い顔があった。炭のような黒顔の中に、血走った眼がぎらついている。その眼の中に、かがやきが生じた。せつらの顔が。

　焼け爛《ただ》れた女は、みるみるとろけた。溜息《ためいき》と同時に、全裸の尻を床に落としてしまう。

　その前に、せつらは後方へ身をねじっている。

　もうひとりの黒い女が眼を閉じて、背中をこすった。そのネットはせつらの皮膚に傷ひとつつけず、全身の肉と内臓を腐敗させるはずであった。

　だが——

「効かない」

　と女は呻いた。

「家へ帰る前に、二十四時間営業の医者のところへ寄って、『予想接種』を受けて来た。死霊の妖術はお見通しだよ」

〈メフィスト病院〉では、患者から聞いた悪霊死霊の情報からその呪《のろ》いの効果を探《さぐ》り出し、事前に治療を行なう。今回の治療は同じ呪術にかかった者の悪《あく》腫《しゅ》をせつらの体内に移植し、侵入して来た呪いを撃墜する、一種のワクチン治療であった。

　驚きに見開かれた眼の前に、せつらの顔があった。

　姉か妹は、妹か姉の後を追って尻餅《しりもち》をついた。

「リンスは中止」

とつぶやいて、せつらは湯殿を出た。

番台の女は、がっくりと顔を伏せている。せつらの魔力の虜《とりこ》になった第一号であった。せつらの美貌は生と死の境目を易々《やすやす》と超えるのだ。

外へ出る前に、

「一応狙《ねら》われたし」

とせつらは言った。

手応《てごた》えはあった。女たちの首と胴は別々のはずだ。

「しかし、いつまで保《も》つか。死人は二度と死なないし」

せつらが去った後の湯殿には、二体の黒い身体が倒れていた。鮮《あざ》やかな切り口を見せる生首は、しかし恍惚と定まらぬ視線を前方に向けていた。

湯舟には中年男の首なし死体が沈んでいた。

番台の女は自分の首を西瓜《すいか》のように持って突っ伏している。


数秒後、彼らはその首を胴につけ直し、ゆっくりと立ち上がるのだった。

〈秋人捜《DSM》しセンター〉へと依頼者を導く生垣《いけがき》の前でせつらは足を止めた。

そこに立っているのは、津崎多恵子であった。

せつらが何か言う前に、運転手の妻は前へ出て、こう訴えた。

「あの娘——桂木さんはとうとう見つかりませんでした。もう一度捜してください」

「承知しました」

あっさりと言った。あまりに打てば響く、だったので、申し込んだ多恵子のほうが驚きの表情を隠せなかったくらいである。

「依頼は受けました。これから出向きます」

月明かりと街灯の光が我先にと浮かび上がらせた美貌を、思わず正面から眺めてしまい、多恵子はよろめいた。

あわてて踏ん張り、眼を固く閉じて、

「これからって――当てはあるんですか？」

「何とか」

この若者の何とかは、一〇〇パーセントに等しい。沙和がタクシーから降りたとき、その身体に巻きつけた不可視《ふかし》の糸があったとは、せつら以外の誰も知らぬ事実であった。何故かと問われれば、

「また来るかな、と」

再度の依頼を予見してということだろう。

「それじゃあ、お願いします。あの、契約書とかは？」

「後日郵送します」

「わかりました。よろしく」

一礼し、向けかけた背中に、奇蹟《きせき》的な質問を放った。

「ご主人はこのことを？」

多恵子は足を止め、

「いいえ。知りません」

また奇蹟が起こった。


「なのにどうして？」

そして、また奇妙なことが。多恵子が苦笑を浮かべて、

「知ってるくせに」

と返したのである。

せつらは何も言わなかった。うなずきもせず、枝《し》折度《おりど》を開けて家へ戻った。

一〇分とかけずに出て来た。桶を持っていないだけで、服装は変わらない。ドライヤーをかけていない髪の毛が額《ひたい》に貼りつき、月さえ照らし出すのを恥じらうような美貌に、身肉も凍らせる凄艶《せいえん》さを与えていた。


沙和は〈歌舞伎町《かぶきちょう》〉にあるカプセル・ホテルのベッドで夫に犯されていた。

絶望的な気分でここへ辿《たど》り着き、狭苦しいスペースへ潜《もぐ》り込んだと思ったら、眠る間もなく、ドアの向こうから、

「おれだよ」

と聞こえ、沙和は気を失った。

股間から突き上げる熱い快感に気がつくと、夫の腰にまたがっていた。受け入れている。夫が下から突き上げるたびに、熱い刺激が腰のあたりに広がり、喘《あえ》ぎ声を放たせた。

だが、ここはカプセル・ホテルの一室だ。騎乗位で行なうスペースなどない。それをおかしいと感じさせない、異様な責めであった。

「どうだ、沙和？　忘れていないだろうな、いいだろう？」

勝ち誇った声に、下を見て、

「あなたは誰？」

と沙和は訊いた。

「よく見ろ、俺だ」

「わからない。わからない。声にも聞き覚えなんかないわ。あなたも、あなたたち一家も存在していないのよ」

「俺はここにいる。そして、おまえは歓《よろこ》んでるじゃないか」

「あなたが夫じゃないからよ。あの夫《ひと》は少しも楽しませてくれなかった。二年間一度も」

「嘘《うそ》だ、おまえは俺の上で何度もいった。よすぎて死んでしまうと言ったじゃあないか」

「そう言わなければ、あなたの家族にされてしまうからよ。いったふりをしている限り、私はこちら側にいられた。何も感じないと知られたら、あの結婚式のときみたいに、〽おまえも家族、おまえも家族って歌われていたでしょう。それだけは死んだって嫌だった」

「俺は俺だぞ、見ろ」

「見てもすぐ忘れてしまうわよ。あなたはあの人じゃない。そうだったとしても、すぐに忘れてしまうから」

「莫迦野郎」

怒声《どせい》とともに男は突き上げて来た。

沙和は悲鳴を上げた。

自分は誰と交わっているのか、考えてはいけないと思った。

「おまえがその気なら、家族に加えてやる。婚姻届上だけじゃない。本物の家族にな」

「やめて」

不意に動きが熄んだ。どっと男の腰の上に身体を落とした沙和へ、

「さあ、行くぞ」

と告げて、男は彼女をふり落とした。

4

〈東《ひがし》五《ご》軒町《けんちょう》〉のある空地は、奇妙な家族が出るというので有名であった。

住人の認識では空地のはずだが、十数年前から二階建ての一軒家が現われ、家族たちの出入りが行なわれてきた。通りに面した居間で新聞を読む主人、近所のスーパーやコンビニに買物に出かける妻は、店内でも目撃されている。娘が二人いるが、噂《うわさ》ではどちらも出戻りだ。みな愛想がよく、近所の人に挨拶《あいさつ》も欠かさない。

これがはじめて現われた頃は、もうひとり――中学生くらいの長男がおり、出勤姿の父と並んで学生鞄《かばん》片手に、家を出て、同じ年頃の姉たちも、何処にあるかわからない高校へと登校していったのである。人々は現われては消え、消えては現われる一家の成長を眼《ま》のあたりにしていたといえる。

いつしか長男が消えた。近所の者が訊くと、結婚して近所に新居を構えたという。

ここ数日、家はあっても、家族の姿はなく、不測の事態でも生じたのではないかとの噂がひとり歩きしていた。

今夜は、全てがうまくいったらしかった。

窓には明かりが点《とも》り、髪を七三《しちさん》に分けた長男が若い妻を連れて訪れ、近所の人々もはじめて見る家族

揃っての団欒《だんらん》の時が流れていると思えた。

「どうしても、あたしたちに加わるのは嫌なのね？」

と姉のひとりが歯を剥いて見せた。

「絶対に嫌です」

沙和は真正面から応じた。

「ここはこの世に出現した異界の家です。あなたたちの誰ひとり、生きてなんかいないわ。食事は摂《と》るし、新聞も読むし、買物にも出かける、学校へも通う——でも、この世の人たちじゃあないの」

「だから、おまえにもこうなってほしいんだ」

と夫が説得の口調で言った。

「嫌です、もう諦めて」

「そうはいかないよ、これがあるんだ」

父親が婚姻届を見せた。

「返して。それは何もわからないうちに書かされたものよ」

のばした沙和の手首を母親が摑んだ。身体の中が凍りついた。

「ねえ、沙和さん、あたしたちの何処が気に入らないの」

「わかってください、お義母《かあ》さん。無理なんです」

「だから、何処がだい？」

夫は沙和を見つめた。沙和も見返した。そしていきなり右手を夫の眼のあたりにのばした。

指が二本、両眼に吸い込まれた。生あたたかい緩《ゆる》んだ感触が伝わって来たが、沙和は根本まで突き入れ、一気に両眼を引きずり出した。

「何をするんだ、沙和⁉」

絶叫したのは、夫以外の四人であった。夫だけが両眼から白い視神経を糸みたいに垂らしたまま、赤い空洞と化した眼で、妻を見つめていた。

「痛む？　痛みも、ちっとも続かないでしょう。あなたが人間じゃない証拠だわ。早く、この家と家族ごと異界《あっち》へ帰りなさい！」

「沙和あ」

夫が抱きついてくるのを躱し、沙和は部屋の隅まで逃れた。

みなが追って来た。何と強い家族の絆《きずな》だろうと沙和は思った。

ドアを開けて出る余裕はなかった。

いきなり、玄関扉が内側へと雪崩《なだ》れ込んで来た。

乗用車――タクシーが突撃して来たのだ。

「沙和ちゃん、おれだ！」

津崎であった。

「女房もいる。早く乗れ！」

開いたドアへ沙和がとび込むと同時に、タクシーはバックして通りへと走った。

「どうして、ここが⁉」

「女房に訊いてくれ」

沙和の肩を抱いた多恵子が、

「早く行って！　追っかけて来るわよ」

容量大オーバーの燃料を噴きつけられ、エンジンは爆発した。一気にとび出した。


「あの――何処へ？」

「わからねえ」

津崎も虚《うつ》ろな眼でホイールを見つめていた。

「ちょっとお」

「ホイールはおれが操ってるんじゃねえ」

「え？」

「何かで操縦してやがるんだ」

「何処行くのよ？」

「おれにわかるわけねえだろ！」

多恵子はリアウインドから向こうを見た。

「とりあえず見えないからいいわ。姿なき運転手さんに任せましょう。この役立たず」

「うるせえ。亭主に向かって何て言い草だ」

「あの、やめてください」

守られるべき沙和が間に入った。

「あの、奥さんはどうして、私があそこにいるとわかったんですか？」

「何となくよ」

「え？　異能力者？」

「よせやい、こんな四十婆《ばば》あだ。どの面《つら》下げてイノーだってんだ？　イノシシの間違いだろうが」

せせら笑う津崎の脳天が少し沈んだ。多恵子がハンドバッグを叩きつけたのである。

運転手なきタクシーは、優れたハンドリングの冴《さ》えを見せつつ、西へと向かっていた。

ついに車が停まったとき、真っ先にとび降りた多恵子は、あっと息を呑み、それから拳を反対側の手の平に叩きつけた。

「異体には異体を。妖物には妖物を——そうか、ここは」

「〈高田馬場《たかだのばば》〝魔法街〟〉」

絵本に出て来るようなとんがり屋根の家を背に途方もなく太った影のかたわらに立つ小さくしなやかなドレス姿がこう言った。

「秋せつら様からお話をうかがっております。力一杯、あなた方をお守りさせていただきます」

「任しとき」

球体に近い影はドンと胸を叩いた。魔道士ガレーン・ヌーレンブルクの死後、その後を追って世界一の魔道士に成り上がった妹、トンブ・ヌーレンブルクと、人形娘であった。

本物の薪《まき》が赤々と燃える暖炉《だんろ》の前で、

「えらいものに取り憑かれたわね」

とトンブは言った。

「わかりますか？」

「ああ。あたしと同類だからね。近づいて来たよ」

何気ない太ったひとことが、全員を凍りつかせた。

「守れます、この女《ひと》を？」

多恵子である。その顔をしげしげと見つめてから、トンブはにんまりと笑った。

「任しとけと言ったはずだわさ。指一本触れさせないよ」

「何なんです、あの一家は？」

沙和がすがるように訊いた。

「異界の異体――よくある連中さ。こっち側へ来て、まともな生活をするのが趣味なのだわさ。近所迷惑な連中だわさ」

「全くだぜ。早いとこ始末しちまってくれよ、おっ、ありがとよ」

二杯目の紅茶を淹《い》れに来た人形娘は、動揺する津崎の胸を安らかにさせた。

「そうだ、おい、あの色男はどうした？」

「別口の仕事に出かけているそうです。すぐいらっしゃるはずですわ」

人形娘がうきうきと言った。これから起きることなど歯牙《しが》にもかけていないふうである。

津崎はカップを置いたとき、それまで黙って腹を揺すっていたトンプが、一発ぱん、と叩いて立ち上がった。

「みなを奥に連れてお行き。来たよ」

人形娘と三人は去った。

トンプは玄関の扉を見つめた。人形娘が戻った。

チャイムが鳴った。

人形娘がドアを開けた。

四つの顔が見えた。

人形娘が訊いた。

「あなた方の腎臓は幾つ？」

「ひとつよ」

母親が答えた。

「二つですわよ」

と人形娘は言った。

「訪問はお断わりします」

ドアが閉じられ――る寸前に止まった。黒い手が押さえたのだ。

ぐい、と押し開けようとする。

「あらあら」

人形娘がふり向いた。

瞳に山が映っている。

「どーれ」

前へ出たトンブが、よいしょとドアを押し閉めた。ちぎれた黒い指が、パラパラと床に落ちる。

ドアの外で悲鳴が上がった。

ふぉっふぉっふぉっ、と笑いながら、トンブはドアを開けた。

月光の下で四つの人影が肥満体を取り囲んだ。

「あーあ、自分の世界で大人しくしていればいいものを。余計な興味を持つんじゃないわさ。いくらよく似せて、一〇年二〇年気づかれずに暮らしても、所詮《しょせん》は水と油だわさ」

パン、とミットみたいな手を打ち合わせた。

「少し乱暴だけど、二度と来ないように送ってあげるわさ。さあ、おいで」

じり、と黒い輪が狭《せば》まった。

居間へ戻って、ぱんぱんとお腹《なか》を叩くと、応じるように、廊下の奥から人形娘が姿を見せた。その顔を見て、トンブの眼が光った。

「どうしたのだ？」

「私がドアで応対してる隙《すき》に、ひとり侵入して、沙和さんを拉致《らち》していきました」

「むむむ——そう言えば、奥の防御《ぼうぎょ》陣の強化は明日の予定だったたわさ」

このお、という眼つきで人形娘は主人を睨みつけた。

「でも——最後の切り札が残っていますわ。とっても美しいＪＯＫＥＲ《ジョーカー》が」

トンブ宅の一室の窓から夫が現われたときは恐怖の叫びを放ったが、その顔を見た途端に声も出せなくなった。どうやって、窓から出られたのか覚えていない。気がつくと、車の中にいた。タクシーであった。

「じきに我が家だよ」

夫は優しくささやいた。

「他の連中はもういない。父も母も姉二人も消えてしまった。二人きりだ。新しい生活をはじめるには理想的な数だと思わないか？」

沙和には返事ができなかった。

津崎のタクシーは前代未聞の重量を運んでいた。多恵子の他にトンブと人形娘が乗り込んだのである。

「ひとり残しちゃったから、処分しに行かなきゃね」

とトンブは主張し、人形娘も、そうですわと同意したのである。目的地は、

「あいつらの家よ」

と多恵子が言い張った。

気がつくと、周囲を車が囲んでいた。

「〝幽霊自動車〟とぶつかっちまったか」

時と場所を問わずに出現する車の群れである。

「あたし降りるわ」

いきなり多恵子がドアを開けた。津崎がやめろと言う前に道路へ降りて、乗用車の群れに混じった。

「おい」

一度だけ呼んで、津崎は諦めた。

「大丈夫だわさ」

とトンブが保証した。

「あんただって、わかってるだろ」

家は元の場所に建っていた。

「これからは、ここがおれたちの家だ。さあ、行こう」

夫が沙和の手を取って門の方へ歩き出した。すでに意識を奪われている。沙和には抵抗のしようもなかった。

夫がドアノブを摑んでドアを引いた。手首から先を残して、腕だけが離れた。

夫がふり向いた。

通りに黒いコート姿の若者が立っていた。その美貌が沙和の意識を復活させた。

「貴様――どうしてここが?」

夫の問いに、せつらは糸、糸と応じた。先刻、津崎たちを〈魔法街〉へと運んだタクシーの運転も糸によるものだと言っても、夫にはわかるまい。

「銭湯の後で、トンブにパワーを強化してもらった。首が落ちたら戻らない」

夫はいきなり沙和を抱きしめた。

「抱擁《ほうよう》を五秒も続ければ腐り果てる」

と言った。

「邪魔するな。おれたちは平穏な生活が望みなだけだ」

「あらそう」

それが沙和の声ではないと悟《さと》る前に、囚《とら》われの肢《し》体《たい》は突きとばされていた。

「待て!」

と追いかける夫には首がなかった。それは、いま立ったとき足元に落ちて、待て待てと口をパクつかせていた。

崩れ落ちた沙和に手を貸して立ち上がらせたのは、多恵子であった。

瞳が茫々《ぼうぼう》たる空地を映したところで、せつらは、二人の方を見た。

「無事?」

「はい」

沙和が小さく答えた。

そこへタクシーが停まって、奇怪な客たちを吐き出した。

「おしまい」

せつらの言葉に、トンブもうなずいた。

「二度と現われないわさ。安心してお暮らし」

それから、津崎を見て、あんたの女房と言った。

「まさか幽霊だとはね。いつからだい?」

「〈魔震〉で死んだ翌日からだ。それまでとちっとも変わらねえ。多恵子もおれたちの生活もな」

あの〝家族〟をさして怖《おそ》れるふうもなかったこと、この家へ夫とタクシーを導いたこと――人間とは思えないことも、この女房には可能だったのだ。

「明と暗か」

せつらがつぶやいた。

「ふむ」

とトンブがうなずき、腹をぽんぽんと叩いて、終わりを宣言した。

幽霊屋敷

1

半年間にわたる懸命な捜索の結果、青紫《あおむらさき》千代子《ちよこ》は夫の最後の消息を、〈榎町《えのきちょう》〉の住宅街の一角と断定するに到《いた》った。

風のぬるんだ六月のある一日が、彼女の選んだ最後の機会であった。これまでの人生から千代子は、自分は天にいる誰かに嫌われていると半《なか》ば信じていたが、この日もそれまでの数週間には想像もできなかったうそ寒い天気が、氷雨《ひさめ》というかたちで嫌がらせをはじめた。

〈早稲田《わせだ》ゲート〉を渡って〈榎町〉の目的地に着くまで、窓外《そうがい》の光景は疫病《えきびょう》で廃滅《はいめつ》寸前の都市の名残《なごり》を思わせた。

重く垂れ込めた雲の隙間《すきま》からは、思い出したように稲妻《いなずま》が走り、天地を青白くつないだ。

人々は無言だった。俯《うつむ》きがちに歩く姿は、病院の安置室を脱け出した死者のように暗く、どの顔も同じ仮面のように無表情だった。

何よりも千代子にとって、コートのボタンを全てかけ違えているような違和感を抱《いだ》かせるものは、そんな風景を備えた街の賑《にぎ》やかさであった。

商店には品物が溢《あふ》れ、客たちがひっきりなしに出入りし、街路には車が押し合いへし合いを続けている。小さなレストランにはTVクルーらしいカメラと照明マンたちが押しかけ、通りを横断して逃れる大男を、もっと大きな警官がとびかかって押さえつけ、警棒でこづきまくっていた。

「わからないわ、この街」

自分でも意識しない低声だったはずが、

「〈区外〉の人ですね。ここは〈新宿〉ですよ」

と運転手が言った。乗ったときから、顔を合わせずにきた運転手であった。

やがて車は住宅街に入り、一軒のマンションの前で停《と》まった。

料金を払って降りるとすぐ、タクシーは走り去った。運転手の顔はついに見ず終《じま》いだった。

なんてこの街らしい建物だろうと千代子は溜息《ためいき》をついた。

灰色の空の下にそびえる建物は、三階建ての廃滅城にふさわしいものであった。どう見ても、ひび割れひとつない新築同然なのに、眼をしばたたくと全体が、はっきりと歪《ゆが》んで見え、もう一度見直すと、元通りだった。

このマンションに関するSNSによれば、計一〇室の2LDKに暮らす住人は、三つの家族一一人と、独身の男性と女性がひとりずつ、あとは常駐の管理人である。人は暮らしているのだ。

その代わり、五年前から二〇人超の人間が消えている。

消失の原因は軒並《のきな》み不明、状況は様々だ。入居時の契約条項に入っている一〇日に一度の連絡を怠《おこた》っているため管理人が訪れると、手つかずの夕食のテーブルだけが残っていた会社員一家、一切の家具も万能カードも残したまま人間だけが消え失《う》せた母子家庭――どれも突如《とつじょ》として営《いとな》みの環《わ》が断ち切られ、迷う暇《ひま》もなく何処《どこ》かへ行ってしまうのだ。

千代子の夫――雄三《ゆうぞう》も半月ここで暮らし、以後の消息は摑《つか》めない。その先が実はあるのかもしれないが、千代子は消えたと信じた。失踪でなく消失――それこそ夫の望んだことなのだ。

管理人は七〇近いと思《おぼ》しい老人であった。SNSによれば、四〇年近くここにいる。頭はしっかりしているらしく、千代子が名乗ると、すぐに反応した。

「ご主人を最後に見たのはわしだと思うよ。消えた前日の夜半《やはん》に帰って来て、挨拶《あいさつ》して行ったからね。本当は一〇日後だが、何とも気になって次の日に行ってみたら、もういなかった。窓も玄関も全て内側から鍵《かぎ》がかかっていた」

「でも玄関のロックは外からでも――」

「ここだけの話だが」

老人は身を乗り出した。

「部屋の出入りは、全てこのモニターに表示される。青紫さんはその日午後一一時に戻って来てから、一歩も出ていないよ」

「誰かと暮らしていませんでしたか？」

「ひとりだったと思うが、何しろこの街だからねえ。幽霊と暮らしていたら、モニターにも表示されん」

眼を伏せる千代子へ、

「さて、論より証拠だ。部屋を見に行くかね？」

管理人は部屋を出て、エレベーターホールへ向かった。無愛想だが、誠実なのは疑いようがなかった。こんなところに四〇年近く居すわるくらいだ。度胸もあるに違いない。

エレベーターを降りて一分とかけずに、

「二〇二」

と照明された一室の前に来た。


静かな廊下であった。新築と言われても納得できる滑《なめ》らかさに、千代子は驚いた。二〇二号室の両側のドアには、「堀川《ほりかわ》」「一乗寺《いちじょうじ》」と名前のプレートが貼りついている。何処《いずこ》へともなく消失した夫の両側では、普通の生活が営まれているのだ。

管理人はスペア・キイでドアを開けた。

「お入んなさい。あたしゃ消えたくないんでね」

管理人の言葉には、無責任さに怒りを感じさせない緊張が漲《みなぎ》っていた。

薄明《はくめい》の世界に千代子は身を入れた。

生活の匂いは一切しなかった。食事、洗濯、体臭、トイレの名残りもない。夫がいたとはどうしても思えなかった。

八畳分のDK、六畳の洋室と和室、靴を脱ぐ前に、千代子は照明のスイッチを入れた。

どの部屋にも家具はない。マンションの所有者が処分してしまったのだ。

DKを見廻《まわ》した。和室へ入った。家から持ち出した本の一冊もなかった。畳は変色しているが、派手な染《し》みのようなものはない。血痕でも見つかったら、却《かえ》って安堵《あんど》したかもしれない。

最後の洋間へ足を踏み入れた瞬間、それまでの印象は変わった。絶望も希望も何処かへ吸い込まれ、千代子はその後を追おうとしていた。

――いけない
本能的なものが右手をのばして、ドアノブを摑んだ。

夢中で力を加え、足も床を押した。ここへ入ったらおしまいだと思った。

「引っ張って！」

玄関へ向かって叫んだ。

「早く！」

おお、と何とか聞こえる応答があった。だが、足はなおも部屋の中心へと力を込める。

「駄目え」

ついに右手が離れ、ぐいと引かれた身体《からだ》は、しかし、すぐに止まってＤＫの床へ転がっていた。

摑んだ手首を離し、管理人は会ったときと同じ表情で、

「どうしました？」

と訊《き》いた。

「中に何かいるわ」

それだけ口走って、喉元《のどもと》に手を当てて、千代子は呼吸を整えた。

「何かって？」

管理人は、さすがにこの街で四〇年だけあって、怯《おび》えたふうもない。

「あんたのご主人じゃないのかい？」

「絶対に違うわ。ねえ、その何かを捕まえられませんか？」

「そいつは――拝《おが》み屋の仕事だねえ。正直、ここにいる奴《やつ》は厄介《やっかい》だと思うぞ。そいつを祓《はら》ったにしても、あんたのご主人が戻って来るかどうかはわからんよ」

「でも、そいつがいる限り、夫は戻りません。ここで消えたのは間違いないんですね？」

「それはもう」

「なら、そいつが門番なんだわ。こちら側の人間を門の中へ引きずり込んで、逃がさないよう見張ると同時に、助けに来る者も拒《こば》んでるんです」

「かもしれないねえ」

管理人は納得した。

「どうしても見つけるつもりかい？」

「はい」

千代子はきりきりと歯を嚙《か》みしめた。

「なら、いい男を知ってるよ。前にも来た。そいつは拝み屋じゃないんだが、下手《へた》な奴ら相手なら、その辺の拝み屋よりは万倍も役に立つ」

千代子は白髪《しらが》頭の管理人を凝視《ぎようし》した。本気かどうか確かめたのである。OKと同時に、謝礼を、というのはここでも〈区外〉でも変わるまい。

なおも彼をねめつけたまま、

「わかりました。その人の名前と連絡先を教えてください」

その人捜《さが》し屋と会ってからのことを、千代子はよく覚えていない。

正直、夢うつつの中を漂《ただよ》っているようだ。

OKはしてもらい、料金の交渉も合意した。

こちらから連絡します、と言われたのは覚えている。

〈十二社《じゆうにそう》〉にある彼のオフィスで会った。つながった本宅が隣のせんべい屋だと知って、千代子は眼を丸くした。ガイドブックを見たこともなかったのだ。

その日は〈区外〉の家に戻った。〈榎町〉のマンションを訪れた当日である。

食事の用意も忘れてぼんやりしていると、電話が鳴った。

もう見つかったのかと、期待に胸が震えた。

「おれだ、千代子」

人捜し屋ではなかった。夫であった。

一瞬、失望の穴が開いた胸を、千代子は必死で埋め直した。

「あなた――いま何処にいるの？」

「もう来るな。これ以上おれに関わると危険だ」

「どうしてです？」

「おれは〈区民〉になるため、あの街へ行った。そのせいで――」

夫の声が急に細くなった。

何かの干渉《かんしよう》だと、千代子にもわかった。

「あなたどうしたの？　私はどうすればいいの？」

「――おれを捜すな……何もするな……」

「同じことばっかり。なら、私も言うわ。何処にいるの？　私はどうすれば――」

かん高い音が急激に何処かへ吸い込まれた。悲鳴に違いないと千代子は確信した。

夫はいた。何処とは断言できないが、間違いなく自分の近くにいる。そして、彼をこの手に取り戻すには、これも絶対にあの――思い返しただけで周囲が形を失い――渦を巻いて流れ出すような幻暈《げんうん》に囚《とら》われてしまう。人捜し屋を頼みにするしかない。

千代子は携帯を切り、記憶したナンバーを押して、

「この番号には〈新宿区外〉からの電話は通じません」

と何度も繰り返された挙句《あげく》、こうしてはいられないと立ち上がったのである。

深夜であったが、連絡はすぐ取れた。電話の件を話し、会いたいというと、僕も連絡するつもりだったと返って来た。

電話の内容をすべて話すと、彼は呪術師《じゆじゆつし》に捜索を依頼し、ご主人の居場所を捜し当てたと言った。

「本当ですか、何処に？」

身を乗り出すようにして訊くと、

「姿を消した〈榎町〉のマンションです」

「——でも」

と反駁《はんばく》し、すぐ、やっぱりと千代子は受け入れた。

あそこにいたのは、夫以外のものだ。そいつが門の守り主であり、夫が門を抜けて向こう側へ行ってしまった——これが千代子の認識であったが、正直、なぜ固まったのかは見当もつかない。

「やっぱり、あそこにいたんですね。絶対に捜し出してください」

「承知しました。明日、出向きます」

「私も一緒に」

「足手まといです」

相手ははっきりと言った。二度目の交渉で千代子の精神は飴《あめ》みたいにとろけきっている。怒る気にもならず、うなずいてしまった。

操り人形《マリオネット》だわ、と思ったが、それ以上の感慨《かんがい》は浮かばなかった。魔法にかかっているのだとは気づいてもいない。

「ホテルで待ちます——安くてきれいなところを紹介してください」

それは〈歌舞伎町《かぶきちょう》〉の北側で簡単に見つかった。

メモを渡されたが、さすがにひとりで行くのははばかられた。

「送ってもらえませんか？」

「ひとりで行きなさい」

「心細いんです。〈新宿〉慣れてませんし」

「別料金になります」

「お支払いします」

胸が妖《あや》しく高鳴るのを、千代子は意識した。本当は泊めてくださいと言いたかったのだ。

〈歌舞伎町〉と言っても盛り場以外の静寧《せいねい》な場所もある。

せつらが案内したのは、〈新大久保駅《しんおおくぼ》〉に近い小さなホテルだった。

人捜し屋は玄関で去った。千代子といるのを見られてはまずい、というより仕事を終えただけだと理解したが、全身の力が抜けてしまった。

料金にしては広くて清潔なシングルであったが、得したとも思わなかった。明日、彼は夫を捜し出してくれるのだろうか。最も肝心《かんじん》なその思いすら軽々しく薄っぺらだった。

行きたいと思った。勿論《もちろん》、夫の無事な姿を一刻も早く見たいからだ。なのに、脳裡《のうり》に浮かぶのは別の顔ばかりなのであった。

いつの間にか、世にも幸せな気分で、千代子は眠りに落ちていた。

遠くでチャイムが鳴っても気にしなかった。いつまでも熄《や》まない電子音は、ついに千代子を翻意《ほんい》させた。

「莫迦《ばか》」

眠気と怒りの混濁《こんだく》した状態で枕をドアに叩《たた》きつけ――かかってやめた。彼かもしれない。

走ってドアノブを握り、ためらった。

「誰?」

辛《かろ》うじて声が出た。

「おれだ」

「――あなた……」

ひと息入れて、千代子はドアを開いた。歓《よろこ》びと失望がせめぎ合い――すぐに消えた。

不必要に明るい照明の下に立っていたのは、あなたではなかった。

2

早朝、タクシーで〈榎町〉のマンションに着いた。

管理人はもう起きていて、鍵を渡してくれた。

「早いねえ、ひとりかい?」

と眉根《まゆね》を寄せるのを無視して、千代子は二〇二号室へと急いだ。

ドアを開け、真っすぐ洋間へと入った。

ＤＫの窓からそれを見ていたのは管理人であった。

空部屋への責任上——というより、前の千代子とは異なる異様な雰囲気に只《ただ》ならぬものを感じて追尾《ついび》して来たのである。

彼の恐怖に見開いた瞳の中で、千代子は不気味としか言えない行動をとった。

洋間を抜けて浴室へ入ると、プラスチックの腰かけとタオルを二枚持ち出して戻り、タオルの端を結び合わせて輪をつくり、腰かけと一緒に和室との境《さかい》にある鴨居《かもい》のところへ行った。

釘《くぎ》が一本打ち込んであった。腰かけをその下へ置いて乗っかり、輪になったタオルの端をそこにかけると、首を入れた。

「えい！」

と腰かけを蹴とばすと同時に、管理人は室内へ駆け込み、絞首《こうしゅ》状態でぶら下がった千代子の身を抱《かか》え上げて死の罠《わな》から救出した。

頭をのけぞらせて気道を確保するとすぐ、千代子は呻《うめ》いて、管理人の両肩を摑んだ。

管理人の口から短い絶叫が迸《ほとばし》った。それは千代子ではなかった。管理人のよく知る夫でもなかった。灰色の顔に白い眼球を埋め込んでこちらを見上げる初対面の男であった。

「誰だ、てめえは⁉」

管理人は、はじめて見る居住者を、しかし、突きとばそうとはしなかった。はじめての経験ではなかったのだ。

彼は眼を閉じて男を部屋から引きずり出した。

「やめて」

開いた眼の下で身悶《みもだ》えしているのは、千代子であった。

「あんた——憑《つ》かれたな。たぶん、ここに憑いてるもんに所縁《ゆかり》のあるやつだ」

「どうして、わかるの？」

「この街に五〇年も住んで、四〇年もこんなマンシ

ョンの管理人やってりゃ、誰だってわかるさ。しかし、こいつも祓ってもらわにゃならんぞ。こりゃまた面倒な」

千代子は左胸に手を当てて呼吸を整えた。

「私をどうしようというのかしら？」

管理人は、少し考えた。じっと千代子を眺めてから、

「わしの知り合いに祓い屋がいるが、当たってみるかね？」

と訊いた。

「それは……」

千代子の躊躇《ちゅうちょ》は人捜し屋のことを考えたからである。彼も霊的な能力を持つ仲間から、この部屋に居住する霊を除去する技を教わり、今日の午後、夫を捜しに来るという。

管理人の申し出と、ダブりはしないか。その結果、不興《ふきょう》を買って手を引かれたら元も子もなくなる。

だが、千代子は管理人に、

「お願いします」

と言った。自分に憑いてる奴は、この部屋のものと近いらしい。だとしたら、早めに始末しておかないと、厄介の上塗りになると、結論したのである。

「よっしゃ、ちとお待ち」

管理人は携帯を取り出し、DKの隅へ行った。千代子の耳には届かぬ低声であった。

すぐに、よっしゃと満足そうな声を出し、

「今からオッケーだそうだ。〈左門町《さもんちょう》〉だが、すぐに行って来な。生憎《あいにく》おれは今日ここで外せない仕事がある。名前と住所は――」

〈魔震《デビル・クエイク》〉の前から建っていたような平凡な一軒家には表札もなかったが、千代子はためらいもせず古い呼び鈴《りん》を鳴らした。

すぐに家の中から物音がして、ガラス戸の向こうに人影が現われた。

出て来たのは、管理人と同じくらいのチャンチャンコをまとった老人であった。

目鼻も口も皺《しわ》で覆《おお》われている顔が、

「話は聞いてる。お上がり」

と言うと背を向けた。

通されたのは、外見からたやすく想像のつくような六畳間であった。オカルト本や魔道書の類《たぐい》も、怪奇画の一枚も飾られていない。

勧《すす》められた座布団《ざぶとん》を敷くと、

「あのマンションで憑かれたか」

と訊いて来た。

「はい。あそこには何が?」

「死霊だな。悪霊と言うほうが正確だが、極《きわ》めて危険なものだ」

「落とせます?」

「やって見るが、自信はない」

「困るわ」

「特別料金になるが」

「やっぱり」

「どうするね?」

「お願いします」

「そうこなくちゃ」

老人は向かいの座布団に正座すると、片手を千代子の顔前にかざした。

「さあ、出て来い」

という声を千代子は聞いた。

「えっ!?」

と驚いたのは彼女自身だが、

「よくわかったな」

と応じたのは、別人の声であった。それは確かに千代子の声帯が組みたて、唇の間から洩《も》れ出たものであった。

「まいったな。あんたおれを落とすつもりだろ?」

「当然じゃ」

「ちょっと待ってくれよ。おれはあの部屋にいた化物《ばけもの》を退治するために来たのだ」

「おまえも化物じゃろうが」

「それを言っちゃ、おしめえだろ」

「とにかく、特別料金だ。やるぞ」

「待てって。実は——」

老人の眼が凄《すさ》まじい光を放った。

そいつは悲鳴を上げた。

「待て——よせ——でねえと——」

そいつの叫びは尻すぼみに消えた。

やった、と千代子は安堵の思いを抱いた。

「消えました」

とチャンチャンコに感謝の言葉を向けた。

「まだだ」

と言ったのは、これも別の声であった。

「——もうひとつ、いたか」

老人が呻いた。つぶれたような声だが、自信と闘志は失われていない。

「あの部屋の主だな」

「そういうことだ。さあ、おれを落とせるか」


こちらの言《げん》も自信満々であった。

「同じことだ」

チャンチャンコの老人はふたたび手の平を向けた。

千代子の顔と手をふたすじの波が渡った。一本は手の平から千代子へ。もうひとすじは、千代子から手の平へ。

部屋が揺れた。太い柱が飴みたいに曲がり、タップする天井から土砂のように埃《ほこり》が落ちて来る。

二つの魂《たましい》による恐るべき戦いの結果であった。

恐怖のあまり、千代子は気を失った。

揺すられて眼を醒《さ》ますと、チャンチャンコが眼に入った。

反射的にその手を振り払って、人の好《い》い顔を見つめた。

「あなた——勝ったの?」

「何とかな」

と老人はうなずいた。

「だが、手強《てごわ》い奴だった。消えたわけじゃないぞ。もともと姿形《すがたかたち》の伴《ともな》わぬ奴らだ。これからどうする？」

「〈榎町〉のマンションへ戻ります。人捜し屋さんが来ているはずだわ」

携帯を確認したが、連絡は入っていない。

しかし、放ってはおけなかった。あの人捜し屋は絶対に約束を守る。それを信じたかった。

「わしも行こう」

と老人は申し出た。

「駄目です。あの部屋にいるものは、まだ滅《ほろ》びていないんでしょう。危険は冒《おか》せません」

こう断わって、千代子はタクシーを拾った。

乗ってすぐ、〈榎町〉へと言った。血が引いた。

自分の声ではなかったのだ。運転手もぎょっとしたようだが、〈新宿〉に長いらしく、

「とっ憑かれたかね、お客さん？」

と訊いて来た。

「何ならいい拝み屋を紹介するよ」

これにはすぐ自分の声が出た。

「結構です」

それから、

「あんた——祓われてなかったの？」

運転手には聞こえないように訊いた。

「残念だったな。あんたはなかなか居心地《いごこち》がいいんでしがみついてたのさ」

「どうすれば離れてくれるのよ？」

「そう、もっと強力な拝み屋がいるな。いや、さっきの爺《じじ》いも大した奴だったが、あいつとやり合っちまって、おれまで落とせなかったんだな。あんたもついてねえなあ」

「同情なんか真っ平です。近いうちに絶対落としてやるからね」

「おお、待ってるぜ」

ひとり芝居《しばい》というにはあまりにもリアルなやり取

りが続くうちに、タクシーは目的地に着いた。

管理人に訊くと、うっとりと、

「今、上がって行ったよ」

千代子は走った。エレベーターなど待てないと階段を駆け上がった。

「何だよ、彼氏が待ってるのか？」

「うるさいぞ、居候《いそうろう》！」

ひとりでこれをやってるから、上がりきったところで出食わした主婦らしい女が眼を丸くした。

部屋のドアの前にせつらはいなかった。夕闇に溶けてしまったのかと、千代子は疑った。

チャイムを鳴らすと、ひとりでにドアが開いた。

立ちすくむ千代子へ、

「僕が開けた」

と人捜し屋の声がした。

真っすぐ洋間へ向かった。

黒いコート姿がドアの前に立っていた。

「おかしい」

と聞こえた。

思わず、

「何がですか⁉」

と訊いてしまった。

「いない」

「え？」

「何もいない。何処へ行った？」

「あの」

かけた声はここまでで、千代子は声を失った。

人捜し屋がふり返って、黒瞳《こくどう》に千代子を映した。

「憑かれたな？」

「はい」

「でも、それはここにいたもの、、じゃない」

「え？」

人捜し屋は千代子を指さした。

「なぜ、この人に憑いた？」

「内緒だ」

と男の声が言った。

「ある人物から憑《ひょう》依《い》落としを学んで来た。試させてもらおう」

「おい、待ってくれ」

千代子は両手をかざして後じさった。我ながら何をしているのだろうかと呆《あき》れた。

「おれは、この部屋にいた奴に怨《うら》みがあったんだ。だから決着をつけに来たんだが、やり合ってるところに、この女が来たんだ。こういうときがいちばん人間にとっ憑き易《やす》い。何というか、おれたちが意図しなくても憑いちまうんだな。いやあ、困ったぜ。そのうち、もうひとりおかしなのが出て来て、おれを祓おうとしやがるしな。よく、助かったもんだ」

「もうひとつは何処へ行った？」

「わからねえな。この女の中にいねえのは確かだ」

「ここにもいない——となると」

「おれもふり上げた手の下ろしどころがなくて困ってるんだ」

「なぜ、もうひとつを狙う」

「生きてるとき、あいつに殺されたからよ。あいつは殺人鬼《シリアル・キラー》だ」

「それがここにいたのか？」

「おお、なんか首を斬《き》られて殺害されたらしいぜ。ざまあみやがれ。だが、死霊になっても、生きてる人間を、あっち側へ送る尖兵《せんぺい》を務めてやがるんだ。おれはそれが許せなくて、片をつけに来たんだよ」

「よくもあたしに憑いたわね。この死に損《ぞこ》ない」

「いや、死んでるって」

千代子が自分で弁明する姿は、どことなくユーモラス——ではなく奇妙な悲喜劇の一場面と思われた。

「ここにあった〝門〟——〝入口〟はなくなってる。今はいても無駄だ」

「でも——夫はどうなるんです？」

「部屋に憑いた霊は、一度離れてまた戻って来ます。そのときに片をつけましょう」

千代子は喉を鳴らした。緊張のあまりである。

「――いつ？」

「一両日中に。僕も再度祓いを受けないと、授《さず》けられた祓い術の効果がなくなる。明日また来て、いなければ翌日また来ます」

「何とかなりますか？」

「わかりません」

冷たく断ち切るような物言いが、千代子の意識を暗黒に吸い込んだ。壁に手を当てて何とか立ったが、次のひとことで倒れると思った。幸い何も来なかった。

千代子は、胸の中で、あいつの笑い声を聞いた。

「冷たいハンサムに弱いらしいな。あそこがびしょびしょだぜ」

3

二人――正確には三人か――は、部屋を出てホールへ下りた。

管理人の姿はない。

人捜し屋が外へ出た。

次の瞬間、

「何よ、これ？」

千代子は茫然《ぼうぜん》と立ちすくんだ。

玄関のガラス扉の向こうには鉄のシャッターが下りていた。音もしなかった。下りたというより、忽然《こつぜん》と出現したのである。

「野郎――向こう側の奴らとまた組んだな」

自分の中からの声に、千代子は口を塞《ふさ》いだ。

「こっから出さねえ気だぞ。それであの色男だけ先に行かせやがったんだ」

「そんな。でも、大丈夫よ。あの人ならすぐに助けてくれるわ」

「だといいがな」

「どうしてそんなこと言うのよ？」

「おれの感じじゃ、このマンションにゃ相当強烈な妖術がかかってる。物理的な手段じゃ絶対に無理だ」

「あの人はそっち用の力も身につけてると言ってたわよ」

「簡単に身につけられるような力じゃ、どうしようもねえさ」

千代子は自分の意思ではなく、四方を見廻した。

「出口を捜《さが》さねえと、死ぬまでこん中をうろつく羽目になるぞ」

「出口ならあるでしょ」

「普通の出口はみんな塞がれている。魔術的閉鎖がかかってない場所を捜すか、魔力を打ち破るんだ」

「どうするのよ?」

「わからねえ」

「役立たずよね、あなた。さっさと出てってよ」

「そうもいかねえんだって」

男の声は荒くなった。

「おれはあいつをやっつけるまで成仏《じょうぶつ》できねえんだ。こんな状態でこっち側にいるのは、もの凄《すげ》えストレスが溜《た》まるんだぜ」

「じゃあ、どうすんのよ? あんたの仇《かたき》はどっかに行っちゃったんでしょ?」

「それがそうでもなさそうだ」

「え?」

「おれたちを閉じ込めたのは、あっち側の奴らの力もあるが、こっち側の協力もある。多分、あいつだ。もともとあいつはこのマンションのあの部屋にいるんだから、少なくとも力を発揮《はっき》するにゃあ、このマンションのどっかにいるはずだ」

「なら、なぜあの部屋にいないのよ?」

「誰かにとっ憑いてやがるんだ。他の霊のことは知らねえが、おれやあいつは、生身の人間についているほうが楽なんだよ」

「便乗主義者ね、サイテー」

「うるせえ。とにかく、おれとあんたを始末するつもりのやり口だ。こっちもそれなりの手を打たねえとな。さ、行くぜ」

二人は一階からチェックを開始したが、裏口は勿論、配電室もゴミ用倉庫も、出入口は固く閉ざされていた。携帯も圏外であった。

ホールへ戻ると、シャッターの前に管理人が立っていた。

声をかけると、難しい顔で、訳がわからんと言う。

どうやら、あの部屋に巣食《すく》う怨霊《おんりよう》の仕業《しわざ》だと打ち明けたところ、

「災害時の脱出用レーザー・バーナーがあるよ」

管理人室の奥から二人で引っ張り出して、シャッターに照射しても、表面に吸い込まれるばかりで、傷ひとつつかない。

表面に触れても熱くない。これは——

「呪力のせいだよ」

と管理人は看破《かんぱ》した。六〇〇〇度の高熱を撥《は》ね返す力は、物理の限界を超えている。

「あの部屋の奴が別の力を持ちはじめているんだ」

「止め方がわかるか?」

「いいや。ああいうタイプは、力でねじ伏せるしかないだろう。帰ってくるのを待つことだ」

そのとき、一階の廊下から学生らしい若者がふらりと現われ、こちらに会釈《えしやく》すると、確かな足取りで階段を上がって行った。

「あれは?」

と千代子。

「一階の西《にし》って子だが、はて」

管理人の視線が隠しようのない疑惑のそれに変わる前に、千代子は階段へと走った。

管理人も追って来る。

「どうしたのよ!?」

千代子の問いに、千代子は、

「一階の若いのがなんで二階に行く?」

「窓が開かなくておかしいと思ったんじゃないの?」

「なら、まず管理人のところだろう」

上がりきったところに西の姿はなかった。のんびりした歩きぶりからは想像もできない現象であった。

「おい、兄《にい》さん」

と声をかけ、

「莫迦」

と口に蓋《ふた》をして廊下を曲がった。

「二〇二」のドアが閉じるところだった。閉め切る寸前に、千代子はとび込んだ。

「洋間だ！」

「わかってるわよ！」

ガラス戸を引き開けた途端、ああっ⁉ と洩らして千代子は立ちすくんだ。

頰《ほお》に風が当たったが、ぞっとしたのはそのせいではなかった。

暗い六畳間の天井からぶら下がる身体にぶつかったのである。さっきの若者だ。だが、そのスピードは、人間業《わざ》とは言えなかった。人間以上——否《いな》、人間以外の力を与えた者がいるのだ。

若者——西は自分のベルトにぶら下がっていた。すぐに下ろし、後からやって来た管理人の生体探知器にかけても死亡は間違いなかった。

「一体、どうして？ 死霊はいないはずよ」

と千代子が眉を寄せたところへ、

「さっきおかしな影を見たぞ」

と管理人が言った。死人を眼《ま》のあたりにしたせいか、下で会ったときとは別人のような衰弱ぶりである。

「何を見たんです？」

「人の影だ。わしが奥で休んでから、出て来たとき」

「それは何処へ？」

「一階だよ。廊下の端で」

「下には他に？」

「双崎《もろざき》さんと牛尾《うしお》さん——四人と三人家族だ。どっちも家にいるよ」

「無事かどうか確かめなくっちゃ」

「大丈夫だ。あの部屋へ行かなけりゃ。みんな護符《ごふ》を持ってる」

千代子は力を抜いた。

「そうならいいけど」

すぐに凜《りん》とした顔つきになって、

「いや、行ってみようぜ」

と言った。

「どうしたのよ？」

「上の部屋にいたとき、おかしな具合だった。あのとき——いや、行くぞ」

「一〇二と一〇三だよ」

管理人が後ろから声をかけてきた。

一〇二のドアの前で、千代子は息を整えた。乱れた髪を自然にまとめてから、チャイムを鳴らした。

インターフォンから、

「はい」

と無感情な応答があった。三〇過ぎかと思われる落ち着いた声である。

「管理人の代理です」

「はい」

「あの——お部屋に異常はありませんか？」

「いえ、別に」

「ベランダへ出られます？」

「はい」

女の声は訝《いぶか》しさを増したが、きつくはならなかった。

「すみませんが、もう一度試していただけますか」

「あなた——ちょっと」

「お願いします。近所でガス漏れがあったって」

一瞬の沈黙の後、

「待っててください」

と返って来た。

待つのが辛《つら》かった。ねえ、と男に呼びかけたとき、足音が近づき、荒い息づかいが耳の奥で鳴った。

「あの——何にもありませんでしたよ。ちゃんとベランダに出ましたが、ガスの臭いなんて少しも」

「あの本当に？」

「はい」

口調に嘘《うそ》はない。

「よかった」

と千代子は洩らした。

「出られるみたいよ」

「よかったな」

その声が気になった。

「不満そうね」

「あのお」

とインターフォンが呼んだ。

「あ、はい——よかったです。おかしなこと申し上げました。失礼します」

一方的に切って、隣室へ向かった。

チャイムに返事はなかった。

もう一度押した。


三度目に、無愛想な中年男の声が返って来たとき、千代子は、ありがとうと口走ってしまった。

「何だい、あんたは？」

隣室と同じやり取りが行なわれ、千代子の真剣さに、結局、ベランダへ向かい、

「ガスの臭いなんかしないよ」

もっと無愛想に返って来た。

詫《わ》びを言って、千代子は来た方へ歩き出した。

「待て」

と男が声をかけたのは、一〇二のドアの前であった。

「え？」

「おかしい」

「え？」

千代子の身体は自然に動いてドアを開けていた。

誰もいない。声をかけても同じだった。

靴を脱いで上がった。上と同じ造りの部屋である。

DK、和室は両親用、洋間は子供部屋であった。

ベランダへ出るガラス戸には鍵がかかっていた。

摑んで捻《ひね》ったが、ビクともしなかった。

千代子は下がった。自分の意思ではなかった。DKへ戻ってテーブルの椅子《いす》を運び、その姿勢から両脚を思いきり窓へと放った。

「何するの？」

音はこの叫びだけであった。窓ガラスは無音で頑丈《がんじょう》な椅子を弾《はじ》き返した。

「こら危ねえ――おい、上へ行くぞ」

千代子も反対しなかった。部屋を出るとき、DKのテーブルに置いてある家族の写真が眼に入った。

二階へ駆け上がった。管理人もついて来た。

まさか、こんなに早く、と思った。涙が出そうだった。

そして彼らは、二〇二号室の洋間で、首を吊《つ》った下階の住人を見たのだった。

両親と二人の子供たち――さっきの写真と同じだった。さっきは笑っていたが、今は眼と舌がとび出している。

「わしはなんにも見なかった」

管理人が呻いた。

「あんたたちに付いて来ただけだ」

「いつあの部屋を出たのよ。私たちが一〇三号の人と話してたときよね」

「間違いねえ。この部屋に呼ばれたんだ」

ほんの数分前に会話した相手が、いま白眼を剝《む》いて宙にいる。

「ここにいる？」

千代子は涙を拭こうともせずに訊いた。死霊のことである。

「下ろすよ」

と管理人が言った。TV映画で見た幽霊のような声であった。

「いつこうなってもおかしくなかった。このマンションはこの部屋に呪《のろ》われてるんだ」

「死体はどうするの？」

「ここに置いとくしかないだろ」

「駄目よ。この部屋に棲《す》みついてる悪魔に力を与えるようなものだわ。運び出そう」

西の遺体を含めて五体ある。西と子供の身体を廊下へ運び出したとき、二つ奥の部屋から、若い娘が顔を出した。

遺体を見て、凍りついた。

「——何してるの？」

「やっぱりおかしなのがいましたよ」

と管理人が息を弾《はず》ませながら応じた。遺体へ眼をやり、

「そのせいで、こんな」

「やだ、どうしよう。ねえ、外へ出られないのも、そのせい？」

千代子は内心、ああと嗟嘆《さたん》した。

「ベランダの戸が開かなくなったの。キッチンの窓も開かない。スパナでガラスを殴《なぐ》っても、撥ね返されちゃうの」

ここで二人の表情に気づいたらしく、

「他も、そう？」

「じき何とかなります」

この瞬間、千代子の脳裡には、恐怖のために今まで忘れていた美しい顔が浮かび上がったのである。いや、精神集中のために忘れようと努めていたものが、ついに噴出したというほうが正しい。

外にあの人がいる限り、絶対に救出してくれる。それは揺るぎない確信であった。

「どうして、あなたに保証できるんですか？」

娘が訊いた。抑《おさ》えてはいるが、罵倒《ばとう》寸前の口調である。

「まあまあ、横川《よこかわ》さん」

と管理人が割って入った。

「今あわてても何にもなりません。落ちついて——」

「でも、人が死んでるじゃありませんか。これ、下

の階の人でしょ。次は誰がやられると思うの？」

「わかりません――そうだ、みんなで監視し合いましょう」

「え？」

千代子は管理人を見つめた。ある意味名案だと思ったのである。このマンションの居住者なら、この部屋の死霊に憑かれてはいない。それなら、みなでお互いを監視し合えば、理不尽《りふじん》な自殺を防げるのではないか。

「いいわ。そうしましょう」

「あたしは――」

横川がそっぽを向いた。

「ひとりでお部屋へ戻りますか？」

千代子は若い娘の顔を覗《のぞ》き込んだ。

4

結局、横川は呑《の》んだ。このとき、横川佐和子《さわこ》と名乗った。

もうひとつ――牛尾家があった。こちらは簡単だった。下へ降りると、ホールに三人家族が待っていた。

あの夫と、白髪の目立つ妻、一〇歳前後に見える太った男の子であった。

ベランダへ出られなくなり、気味が悪くなってやって来たという。

出られないと聞いて、男の子は泣き出した。

「大丈夫――すぐに出られるわ」

と千代子が慰《なぐさ》めても、ビイビイ泣き続けた。

「とにかく、私の部屋へ行きましょう」

管理人が先に立った。

八畳間に六人が集まった。牛尾家の父親は、声に似合わず怯えきっていた。

事情を聞いてもそれは変わらず、却って、疲れきった面立《おもだ》ちの女房が、

「みんなで我慢して救助を待ちましょう。その人捜

し屋さんが、警察へ連絡してくれるわよ」

「そんなことわかるかい。来るんなら、とっくに来てるはずだ。シャッターを叩く音も聞こえねえじゃねえか」

夫は泣き声である。

千代子は少し腹が立った。

「あなた、〈新宿〉の人？」

「お、おお」

「なら、わかるでしょ。この街じゃ、大通りで爆弾が爆発しても、誰も気がつかない場合もあるのよ。外ではきっと穴を開けようとしてるわ」

「ここのマンションの悪霊って、そんなに強い奴なの？」

横川佐和子が自分を抱きしめた。

千代子が管理人へ、

「おい、爺《じい》さん」

と呼びかけたので、全員のけぞった。

「莫迦！」

と止めたら、もっと騒然となった。

「どういうこった？」

と牛尾が眼を剝き、

「あんたが元凶なんじゃないの⁉」

と佐和子が歯を剝いた。

「うるせえ、黙ってろ」

と千代子は、あわてながら凄みを利《き》かせ、管理人を睨《にら》みつけた。

「えらく顔色が悪いじゃねえか。ここへ戻って来たときから気になってたんだが、おめえ何か知ってるな？」

「とととんでもない。あたしゃただの管理人ですよ」

「いいや、違うね。何を気にしてるんだ？」

「な、何も」

と後じさる胸ぐらを摑んで、

「さ、正直に白状しな。調べは——ついてねえが、おれの勘《かん》に間違いはねえ。おい、あいつが取っ憑いた奴は何処にいる？」

「い、いや、そんな」

千代子は並んだ一同を指さして、

「こん中の誰だ？　言え」

「ち、違いますよ」

「違う？　じゃあ、違わない奴がいるんだな？　そいつは何処にいる？」

「し、知らん」

管理人の皺の間を汗が伝わった。

「このマンションにいるのは、我々だけだ。他に誰もおらん」

「いいや、おれは気がついてたんだぜ」

と千代子は声を低くした。

「な、何にだ？」

「二〇二号で双崎の家族が首を吊ったとき、和室の方で気配がした。出てくとき見たら、誰もいなかった。ベランダのガラス戸は鍵がかかってたから、おれたちが洋間でびっくりしてる間に逃げ出したんだろう」

「そんな——言いがかりだ」

「いいや、何よりも物を言ってるのは、おめえの表情だ。何かしゃべりてえ、いや黙ってたほうがいい、この二つの間を揺れてやがる。さあ、しゃべれ」

「………」

この時、少年が眼尻《まなじり》を決して二人に加わった。

拳《こぶし》をふり上げて、管理人の脳天にふり下ろした。

「て、てめえ⁉」

拳は泥沼を打ったように沈んだ。

「あなた⁉」

千代子の叫びに呼応するかのように、牛尾一家は後じさった。佐和子は失神した。

頭蓋骨《ずがいこつ》どころか脳まで叩き潰《つぶ》された管理人を放り出して、少年はケラケラと笑った。

「また会えたな」

少年の声だが、しゃべっているのは大人の男だと一発でわかった。

「やっぱり、てめえか」

と千代子は呻いた。

「子供に人殺しさせやがって。さっさと離れろ」

「やさしい小父《おじ》さんだな」

少年は嘲笑《ちょうしょう》した。

「安心しろ。おれが離れたら何も覚えておらん。それに、そうなる前に天井からぶら下がっているぞ」

「この外道《げどう》」

千代子はとびかかった。とまどいも恐怖もなかった。摑みかかる手にも床を蹴る足にも怒りがこもっていた。

その指が白い喉に触れた瞬間、少年は勢いよく床に崩れ落ちた。

「離れたぞ！　みんな用心しろ」

残る両親は顔を見合わせたが、演技ではないという証拠はゼロだ。

「動くなよ」

と命じて、千代子は部屋の隅に眼をやった。

「そこに洋服ダンスがあるわ。ベルトを取って来て、彼らの手と足を縛《しば》るのよ。少なくとも、あたしたちといる間は動きを封じられるわ」

「おっ、グッドアイディア」

「おい、勝手なことを言うなよ」

牛尾が抗議した。千代子はやたら強気である。

「あんたに憑かないって保証があるのか？」

「ああ。こちらはいっぱいでな」

「おれは言いなりにならねえぞ。家族もいるんだ」

「済まねえな」

千代子の足がとんだ。爪先《つまさき》を鳩尾《みぞおち》に食らって、牛尾は前のめりになった。

「ごめんなさい！」

千代子は走り寄り、牛尾のベルトを抜き取って両膝の下で縛り上げた。

「あなた、本当にまとも？」

妻は文句を言いながらも、逆らわなかった。

洋服ダンスにはベルトが五本あり、すぐに牛尾家の自由は奪われた。

「てめえ……覚えてろよ」

牛尾は呻いたが、千代子は、ごめんなさいと頭を下げた。

「死体を何処かへやってくれない？」

と妻が申し出た。

「わかりました」

千代子は管理人の足を摑んで外へ運び出した。

「あっ⁉」

悲鳴に近い声が迸り出たのは、部屋へ戻ったときだ。牛尾一家は影も形もなかった。

「二階だ！」

駆け上がった二人が見たものは、空中の三人であった。

「あのど外道——出て来い！」

千代子はその場へへたり込んだ。涙が頰を伝わった。

何とか自分を叱咤《しった》しながら、三人を下ろして床に並べた。

「どうして……こんな」

と肩を震わせたところへ、家族が起き上がった。死んではいなかったのだ。

「よかった」

千代子の胸に喜びが溢れた。

「いるぞ！」

と男が叫んだ。

「え？」

千代子はふり向いた。

右手がベランダのガラス扉へのびた。

扉は開いていた。

その前に、赤いチャンチャンコが立っていた。

あの老人だった。

「やっぱり、てめえか⁉」

「そうだ」

と老人は応じたが、勿論、声としゃべっている当人とは別ものだ。それに——

「てめえ、この爺《じい》さんを——」

「当たりだ」

老人はうなずいた。

「この爺《じじ》い、憑いても中は自由にならんのでな」

にやりと笑った顔は血の気も失せて、眼は死魚のようだ。死体なのだ。

「何人殺せば気が済むんだ?」

「この部屋にいるかぎり何人でもだ。そして、向こうへ送ってやる」

「あたしの夫は⁉」

「そのうちのひとりだ。もう戻っては来ない」

崩れかかる心で千代子は何とか持ちこたえた。

「許さない」

「許せねえ」

声を合わせた。

老人はまた笑った。

「あばよ、姐《ねえ》ちゃん」

千代子は自分の声を聞いた。止める暇《ひま》はなかった。男は千代子の中から消滅した。

老人の笑みが驚きに変わった。

「貴様⁉——出て行け!」

「やった!」

と千代子は右手を大きく振った。

男は老人の体内に侵入してのけたのだ。

「やめろ!」

「うるせえ! 最初《はな》からこうすりゃよかったぜ」

チャンチャンコ姿の死体がこう叫び合うのは怪奇的を超えて喜劇としか言いようがなかった。

だが、これは死闘なのだ。

苦鳴《くめい》が走った。

男の声であった。

「畜生《ちくしょう》——今度こそ」

老人は高笑いを放った。

「無駄だ。最初からおまえはおれに勝てないのさ」

「うがが」

きしるような声から、千代子は耳をふさいだ。

「まだまだ連れて行き足りない。おれの部屋で、もっともっと首吊りが――」

声はいきなり途絶《とだ》えた。

ゆっくりと頭《こうべ》を垂れた。これまでのことを詫《わ》びているように見えた。

お詫びの叩頭《こうとう》はさらに深くなった。ついに首から離れて床へ落ちたときも、滝のような鮮血が後を追ったときも、千代子は眼をそらさなかった。

「こいつは……効くぜ」

男の声であった。

「しっかりして！」

千代子の声に、死者の声が、

「やられた……どんな術が……この刃《やいば》に……」

そして、

「あばよ。楽しかったぜ」

男の声が最後の挨拶を放った。


これで終わりだとばかり、チャンチャンコ姿は前に倒れ、二度と動かなかった。

「何が起こったんだ？」

牛尾が心臓爆発寸前の声を紡《つむ》ぎ出した。

「放してよ」

妻の要求もそこそこに、千代子は二〇二号室を出た。

シャッターは消えていた。元から存在しなかった品である。

黒いコートの影が入って来たとき、千代子は眼を閉じようとしたが間に合わなかった。

「やっと開いた」

と人捜し屋は言った。そののんびりした口調にも腹が立たない美貌を千代子に当てて、

「外からはどうしても開かなかった。あなたに巻いた糸も自由に動かない。糸に新しい術をかけてもらおうと思ったら、ベランダの窓が開いたと伝えて来たのです」

――チャンチャンコのお爺さんだわ
と千代子は思った。

「私に糸を？」

「何でもありません」

と人捜し屋は返して、それきりになった。

「もうあの部屋には？」

「棲みついていたものは永久にこちらから消えました。戻っては来ません。ふたつとも向こうで終わりのない戦いを続けているでしょうが」

千代子の耳には、まだ男の別れの挨拶が残っていた。

「生き残ったのは、三人とあなたたちだけですね。管理人も亡くなりました」

「それは――」

事情を説明しようとして、なぜ彼の死に気づいたのかと思ったが、訊くのはやめた。これくらい美しければ何だってできるだろう。

「ご主人は駄目でした」

と人捜し屋は言った。

「あの死霊から聞きました」

「信じるのですか？」

「え？」

「死霊が連れて行ったなら、生者が取り戻す方法もある。この街のいいところです」

「じゃあ、あの――まだ？」

「よろしければ」

「続けてください」

と千代子は人捜し屋の手を握りしめた。

まだ生きて戻れるかもしれない。生きてるって、何て凄いことだろう。

「はい」

と人捜し屋は応じた。

「お願いします」

千代子は頭を下げた。やはり彼の顔を見ないように。見たら、夫のことを束《つか》の間《ま》でも忘れてしまうかもしれないと思ったのだ。

帰って来た男

1

チャイムが鳴った。一度。そして名残《なご》りが消えないうちにもう一度。

――あの男《ひと》だわ

内田雪江《うちだゆきえ》は読んでいた文庫本をテーブルに置いて、居間からとび出した。

内にも外にも護符《ごふ》を貼り、護体《タリスマン》をぶら下げたドアが迫って来た。

ミラーを覗《のぞ》くのも忘れて、錠《ロック》を解《と》き、勢いよく開けた。入って来ようとする闇を照明が押し返した。

確かに里木《さとき》だった。

五年間の疲れは思ったほど顔に出ていないが、あの晩と同じ印象なのは驚きだった。服装がまるで変わっていないのだ。紺色のコールテンのジャケットも、白いシャツもジーンズも同じだ。それだけだと奇妙な印象がつきまとったろう。だが、ジャケットは型が崩れ、シャツも皺《しわ》だらけで、色褪《いろあ》せたジーンズの膝《ひざ》はすり切れて肌が覗いている。

この人も五年の歳月を孤独に送って来たのだと、雪江は納得した。

里木は右手を上げた。紙袋を握っている。近所の要《かなめ》薬局の袋だ。

「ほら、一五分だっただろ？」

五年分老《ふ》けた笑顔が、雪江をあのときに引き戻した。

五年前の春の晩、雪江は大風邪をひいた。買い置きの薬は切れており、里木が買って来ることになった。

「一五分で帰るよ」

最も近い薬局までの距離を測《はか》った言葉が長い別れの挨拶《あいさつ》になった。

あれから五年。

帰って来た里木の言葉は、

「ほら、一五分ぴったりだろ」

この男には五年が流れていないのだ。

「そうね、ぴったりよ」

雪江はそう言って、紙袋を受け取った。

「お帰りなさい」

里木はうなずき、何事もなかったように部屋へ上がった。

ジャケットを脱いでから、食卓について、

「あれ?」

と眼を丸くした。雪江は胸の中で、ああと洩《も》らした。

「さっきと料理が違ってるぞ。どうしたんだ?」

雪江は眼を伏せて、

「これ、違う人の好みなの」

「え?」

里木は眼を細めて、雪江を見た。

彼には一五分の五年間。

雪江には、勤めを二度変え、夫も出来た五年間。

「どういうこと?」

里木は混乱を表情に留《とど》めて訊《き》いた。

たった一五分の間に、作っていた料理がまるで変わり――

彼は周囲を眺《なが》めた。

「何だよ、まるで変わってるじゃないか?」

家具も変えた。ライトも変えた。五年前のすべてを忘れようとして。

「私――老けたでしょ?」

と彼を見つめた。その真摯《しんし》さが、混乱を極める男の意志に、ひとつのまとまりをつけた。じっと、雪江を見つめて、

「――そう言えば」

「着てるものも一五分前とは違うわ」

「あっ」

「月も日にちも同じ。時間もあなたの言ったとおり。でも、聞いて。あれから五年経《た》ってるの」

「何がだよ?」

「あなたが薬を買いに出て行ってからよ」

「莫迦《ばか》なこと言うなよ。おれは真っすぐ要薬局へ行って、薬を買って帰って来たんだぞ。電話して訊いてみろ。ほら、薬の袋だって、こんなに新しい」

「店は今でも営業しているわ。あなたはさっき買ったばかりなのよ」

「嘘《うそ》だ」

と里木がつぶやいた。

「そんなはずはない。おれはきっかり一五分でここへ」

「その一五分が五年だったの」

雪江は優しく言った。

「この部屋には、あなたのものは何にもないの。服も食器も趣味の旧《ふる》いレコードも」

「そんな。ひどいことを言うなよ。それじゃあ、おれはこの街にふさわしい化物《ばけもの》みたいじゃないか。それで、おまえはいま新しい男と楽しく暮らしているのか?」

雪江はためらい、せめて顔をそむけてうなずいた。

「なんてこった。五年間――おれの五年間は何処《どこ》に行ってしまったんだ?」

いきなり、髪の毛が摑《つか》まれた。何をされようと我慢《まん》する、と雪江は覚悟《かくご》を決めていた。それでひとときの穏《おだ》やかさが生じる。そのときに打つ手はあった。

頰《ほお》が鋭い音をたてた。左右二回ずつの平手打ちだった。拳《こぶし》で殴《なぐ》ってよ、と思った。

安堵《あんど》はすぐにやって来た。

里木は手を止めて、

「ごめんよ。おれは出て行くしかないな」

と言った。

「ちょっと待って」

雪江は奥の和室へ行った。古い洋服ダンスの中の引出しを開けて、分厚い白封筒を取り出して、里木のところへ戻った。

「よせよ。お情けなんか真っ平《まっぴら》だ」

「今のと結婚した日から貯《た》めておいたのよ。二〇〇万円はあるわ。ごめんなさい」

「もう謝《あやま》るな——わかった。貰《もら》ってくよ」

「ごめんなさい」

雪江の眼から、はじめて涙がこぼれた。

「いいって——長い一五分だったようだ。じゃあな」

前からものわかりのいい男《ひと》だったな、と雪江は思った。


いきなりドアが押し開かれたのは、里木が去ってから三〇分ほど後である。

「何よ、あんたたち⁉」

叫ぶ声も震えていた。

敵は六人。どう見てもやくざか暴力団である。ゴツい強化骨格をまとった先頭の男は、身長が二メートルを超す。ドアなどひと押しでバラバラだ。

「里木は何処にいる?」

「え?」

恐怖の黒い塊《かたまり》に、小さな光が当たったような気がして、雪江は不思議な気分になった。

「あなたたち、彼のこと知ってるの⁉」

「やっぱり、ここに帰って来たか」

人工骨格の次にゴツい男が眼を光らせた。

「捜《さが》させてもらうぜ」

と言ったときにはもう、男たちがとび込んでいる。雪江は諦《あきら》めていた。こんな輩《やから》に何を言っても無駄だ。

「来たけど、すぐに出て行ったわ。ここはあの人の家じゃないの」

「じゃあ、何だ?」

「あの人が五年前に失踪《しっそう》したのは知ってるわよね?」

「何だ、そりゃ?」

ゴツい男は眉《まゆ》をひそめた。

すると、彼らは里木が記憶を失った五年のうちに、絡《から》んでいたのだ。

「あの人——五年ぶりに帰って来たのよ。その間のことは何も覚えていなかったわ」

男は、なるほどという表情になった。

「そうかい——出てくとき、このマンションの名前を口走ってたというが、そういうことだったのかい」

「あなたたち、あの人とどういう関係なんです？」

「余計なことは訊かねえほうがいいぜ」

男は凄《すさ》まじい眼つきで、雪江を睨《にら》みつけ、それから視線を下ろした。胸で止まった。

豊かな肉がブラウスを盛り上げていた。

いきなり抱きついて来た。

「嫌！」

唇がふさがれた。頭を押さえられ、乳房も揉《も》まれた。ブラウスとブラが一緒にめくり上げられた。乳房を外気が包んだ。男が右側を頬張《ほおば》った。舌が乳首を嬲《なぶ》りはじめた。歯がたてられた。

「あっ」

のけぞった口に指が入れられた。

「噛《か》んだら殺すぞ」

つけ根まで入って来た指を、雪江はむせながら吸った。

「うまいぜ、姐《あね》さん——すぐ本物をやるぜ」

こう聞いたとき、指が抜けた。男がふり向いたのだ。

戸口にこの街らしい姿が立っていた。

青い頭巾《ずきん》と長衣《ちょうい》の主《ぬし》たちである。

「何だ、てめえらは？」

男が凄《すご》んだ。雪江は喉《のど》を押さえながら後退した。

「彼は何処にいますか？」

雪江は驚いた。若い女の声ではないか。

「悪いが、あんたたちに用があるのは、ここにゃいねえよ。さ、出て行きな」

男は頭巾の女の肩を押した。

「ぐわあ」

身体《からだ》の芯《しん》まで届く痛みの元を、男は見つめた。手の平を突き抜いて甲まで出ている刃《やいば》を確認した。

そのまま、かたわらの人工骨格へ、

「やっちまえ！」

と命じた。

鋼鉄は速《すみ》やかに動いた。

三〇センチもある指が女の胸から頭までをくるんだ。

頭巾の口のあたりから何か聞こえた。

骨格は喉を押さえた。操縦士がそうしたのである。同調タイプらしい。

妖術か⁉　と雪江は思った。男もそうだったらしい。上衣《うわぎ》の内側から、小型の自動拳銃を抜いた。その鼓膜《こまく》を女の呪文《じゆもん》が震わせた。

男は拳銃を自分のこめかみに当てた。

「やめて！」

と雪江は叫んだ。


「家《うち》を汚さないで！　人殺しなら外でして！」

頭巾がこちらを見た。

雪江は立ちすくんだ。これで両眼を開いていたら、文句なしの〈新宿美女大賞〉だ。

「あんたなんなのよ？　やっぱりあの人を追いかけてるの？　ねえ、この五年の間に何があったの？　あの人は何をしたの？」

女は少し間を置いてから言った。

「私の眼を盗んだ」

「え？　嘘よ。普通の眼だったわ」

「使わぬときは」

「——使うって、何に？」

荒々しい足音と男たちが居間に溢《あふ》れた。屋内を捜索していたやくざどもが戻って来たのだ。

「兄貴⁉」

と声をかけられ、肩をゆすられて、男は我に返った。

「あの人はもういないわ！　みんな帰って！」

と雪江は身を震わせて叫んだ。

「五年の間、あなた方と何をしていたのよ。いいの、もう聞きたくない。出てって頂戴《ちょうだい》！　出て行けえ」

「そうはいかねえんだよ、この女の正体も暴《あば》かねえことにはなあ」

男が凄んだ。頭巾の呪文で自殺しかかったことなど忘れ果てているらしい。

人工骨格に目配《めくば》せした。

巨腕が頭巾へのび、ぐいと頭をつかんだ。

雪江は聞いた。頭巾の下から洩れる声を。

まず、骨格が手を放して、出て行った。男たちが続いた。全員無表情であった。

最後のひとりが出て行くと、頭巾の女も後を追った。

「教えて頂戴」

雪江は後ろ姿に哀願した。

「あの人はあなたに何をしたの？　眼を奪ったって言うけど、それはどういうこと？」

「確かにおらぬな。二度と来ぬ」

と女は言った。

その姿が闇に消え、ドアが閉じて、五年の歳月と雪江を完全に断ち切った。


「その後――やくざどもはマンションの屋上から身投げしているのが発見された」

せつらはじっとサングラスの依頼人を見つめた。

女はうなずいた。

「引き受けていただけますか？」

細い声であった。熱意や執着といったものがかけらも感じられない乾いた声と口調は、六畳間のオフィスに寒々しく響いた。

「承知しました」

とせつらは答えた。やる気があるのかないのかわからない茫《ぼう》たる声である。

「ありがとうございます。では――」

女は立ち上がり、三和土《たたき》へ下りた。

「ひとつ」

声をかけられて止まった。

「どうして、里木さんを？」

依頼人はすぐに答えた。

「あの人の五年間が終わっていないから」

「はあ」

「そして――私の五年間も」

ドアが開いて――閉じた。

「五年間」

とせつらはつぶやいた。

「ふむふむ」

いま別れた女の思いを少しもわかっていないふうな声であった。

2

「お邪魔」

と入って来た黒いコート姿を見て、訝《いぶか》しげな凶相がたちまちでれんととろけた。

「何だ？　いま取り込み中で、誰もいねえよ」

「組長はいる」

「なにィ？」

窓際のソファにかけて将棋をさしていた男たちが、こちらを見て、たちまち仲間の後を追った。

「とび降りは二日前の夜。事情聴取はもう済んでるね」

「おめえ――ひょっとして、人捜しの秋か？」

「もの悲しい季節です」

三人は顔を見合わせ、

「ふざけたことぬかすな。とっとと帰れ」

「組長」

「しつこい野郎だな」

三人がせつらの前に立った。

「組長はお留守だよ」

せつらは首をふった。

「そこに」

と奥へと続くドアの方を向いた。

ドアが開いた。

ダブルのスーツで決めた白髪《しらが》交じりの男が立っていた。ドアを開けたのは彼である。

男たちは眼を丸くした。

「何してやがる？　モニターで見てた。久しぶりだな、せつらさん」

「どーも」

呆気《あっけ》にとられている三人へ、

「こちらは昔世話になった人でな——生命《いのち》を救ってもらった義理がある。今後失礼は許さねえぞ」

そこはチンピラ三下《さんした》とは格の違う凄み方であった。低頭《ていとう》する三人の顔は死相に近かった。

赤城《あかぎ》組組長——定国忠男《さだくにただお》は「社長室」とプレートされた部屋で、せつらの話を聞いてすぐ、

「拳銃《どうぐ》を売ってくれとやって来たんだよ」

と言った。

「二年前の今頃だった。そんなもの他で幾《いく》らも手に入るぜと追い帰そうとしたが、〈新宿〉の物《ぶつ》は暴発や射撃不良がしょっ中起きるから嫌だと言うんだな。それも一理あるが、本当の目的は違うと見た。話してる間にも、しょっ中ドアの方へ眼をやったり、膝が鳴ってたり、絶対、何かに追われてたな。ま、あんまり粘るんで、ブローニング一挺《ちょう》と弾丸五〇発を売ってやったよ」

「幾ら？」

「一五〇万だ。大まけにまけてだぜ。即金で払いやがった」

「ほお」

これは当然の反応だ。記憶をなくしていた男が、五年の間にどうやってそんな金額を稼《かせ》いだのか、

「これで終わったと思ったら、うちの若頭《わかがしら》が莫迦な真似《まね》をしでかしやがってな。そいつを追いかけて、金を出せとやったらしい。らしいてのは、そいつらがそれきり戻って来ねえからさ。そいつらに誘

われて断わった若いのの話でそう思ったんだ」

「何人？」

「三人だ」

「その辺をウロついてるかも」

　里木は五年間そうだったのだ。

「この街じゃ、何でも起こる。そのうち帰って来るかもしれねえが、前と同じとは限らねえぜ」

「ごもっとも——三日前の件は？」

「若頭の件を話した若いの——新しい若頭が奴を見つけたのさ。若いのを呼んで後をつけたんだ。おれも止めなかった。そしたら、身投げってわけだ」

「頭巾の女に心当たりは？」

「あるぜ」

「やた」

「警察《さつ》の取り調べん中に出てきたんでな。さっそく調べさせた。多分、警察にもわかりゃしねえだろう。〈新宿〉をうろついてる『ヴィジョン』て宗教団体のメンバーだ」

「ははーん」

「知ってるのか？」

「名前だけ」

「さすがミスター〈新宿〉だ。驚いたぜ」

「宗旨《しゅうし》は？」

「〝この世とあの世を見通す〟だ」

「ほお」

　頭巾の女は、里木が眼を盗んだと言った。

「教団の場所わかる？」

〈百人町《ひゃくにんちょう》〉はかつて音楽の街であった。半世紀以上前に、「黒澤《クロサワ》楽器店」が創業され、それ以上前から存在した「百人町撮影所」ともども、最も先端的な若者文化の発信地点であった。やがて、渋谷《しぶや》や原宿《はらじゅく》にその隆盛《りゅうせい》は移行していったが、今もライブ・ハウスや楽器商店、修理店等は存在し、往時の名残りを留《とど》めている。

　第二次大戦後、韓国人、中国人らが多く居住し、いわゆる「コリアン・タウン」を形成して、〈魔震《デビル・クエイク》〉以後も消滅することなく、イラン等中近東の人々も多く住みついた多国籍文化圏というべき街と化している。

そして――

あるマンションの前で足を止めたせつらの耳に、遠い銃声が届いた。

「鉄砲祭り」

とつぶやいたのには、この街の創立の由来も関わっている。

江戸に入府《にゅうふ》した徳川家康《とくがわいえやす》は、当然、身を守るため、直属の護衛を必要とした。その際、最も重用《ちょうよう》されたのが、外出《そとで》には常に付き添い、当時最強の武器と呼ばれた鉄砲を駆使《くし》する伊賀《いが》組鉄砲隊の面々であった。〈百人町〉は彼らの住居にと、家康が与えたものである。〈百人町〉家康に付き添う彼らの数は一〇〇人に上り、〈百人町〉の名はそれに由来すると言われている。

今日は町内会が主催する「鉄砲祭り」であり、腕自慢の連中が様々な競技に出場して技倆《ぎりょう》を開陳《かいちん》する一日であった。

銃声。それが消える前に、せつらの左頬を熱い風がかすめた。弾丸だ。

建ち並ぶバラックの一軒の前で、四人の若者がこちらを見て笑っていた。全員黒い忍者装束《しょうぞく》で、ひとりはひどく古風な錆《さび》だらけの火縄銃を構えていた。銃口と火皿から上がる煙が、くねくねと宙へのびていく。

「悪《わり》い悪い――当たらなかっただろ?」

銃を持った若者が愉《たの》しげに笑った。

まだ引金にかけていた人さし指が、第二関節からぽろりと落ちた。

悲鳴が噴《ふ》き上げ、動揺が駆け巡る中を、せつらは黙々と通り抜けた。

「あんた、何かしたのか⁉」

「おい、待てよ」

動揺した声が追って来たが、足音はしなかった。

一軒のバラックの前で足を止めたのは、数分後であった。

二メートル近い木の看板に、

ヴィジョン教団

とだけ墨書《ぼくしょ》してあった。

「愛想がない」

つぶやくかたわらで、

「本当ね」

ふり向いたせつらの眼には、かすかだが驚きの色が揺れていた。周囲五メートルに〝守り糸〟を張ってある。声の主——腰まである長い髪の美女は、それにかからなかったのだ。

「教団に御用?」

昼下がりなのに、夕顔のような印象の美女であった。青い長衣がしなやかなラインを形作っている。


「こちらの?」

とせつら。

「はい、瑠璃《るり》と申します」

名前なのか名字なのか。どちらにしても、美貌にふさわしい名前だった。

「あなたは——秋せつらさん」

「どーも」

自分の名を知っている理由を、せつらは訊かなかった。どうでもいいことなのだろう。

「お入りください」

瑠璃は先に立ってバラックのドアを開けた。

入ってすぐ応接間だった。床も天井も壁も歪《ゆが》んでいる。板張りの上に塗られた漆喰《しっくい》は、どこもかしこも剝《は》がれかかっていた。

奥の部屋に人の気配はあったが、不思議なくらい静かだった。そういう教えに従う教団なのかもしれない。

瑠璃は奥へ消え、すぐに髭《ひげ》だらけの大男が入って来た。

テーブルをはさんで腰を下ろし、

「〈新宿〉教区長の田所《たどころ》です」

と名乗った。

「他にも？」

とせつら。

「〈区外〉にもうひとつ。着々と地歩《ちほ》を固めております」

せつらは用件を告げた。

「その件なら瑠璃師から聞いております。里木という男は、五年前、彼女の眼を盗んだのです。今彼女の眼は義眼です」

「はい」

田所は驚きの表情を作った。

「気づいておられましたか？　見抜いた方はおりませんが」

こう言ってから、

「そうか、あなたを見ても赤くならなかったんだ」

「見えないのに、動きは滑《なめ》らかですね。別の眼をお持ちだ」

「はい。透視能力者です。具体的な形状認識はできませんが、見えないものまで見えるのです」

「里木はどうして彼女の眼を？」

少しよくない間が置かれた。

「知りたいのですか？」

「里木氏の行方を知る参考に」

「――瑠璃師の眼は、人間が見てはならぬものが見えるのです。里木氏はそれを奪い取ったのです」

事の起こりは、三年前の春の晩、突然やって来た男だった。戸口で急に倒れた彼を、教団の人々は瑠璃の指示で二階の一室に寝かせた。田所は留守であった。何を訊いても答えず、ぼんやりと顔も宙を向いていた。

「見ていたのではありません。両眼は固く閉じられておりました。瑠璃師に言わせると、何か途方もないものを見てしまい、二度と見ないように閉じているのだと――この先は当人にお訊きください」

田所は席を立ち、入れ替わりに瑠璃が入って来た。長衣の他に頭巾を被《かぶ》っている。

「眼のお話ですね」

と瑠璃は言った。世間話のような淡々《たんたん》たる口調であった。

「はあ」

「先に、あの方――里木さんのお話をしましょう。ここへ来たとき、あの人は眼を閉じっぱなしで、一度も開こうとしませんでした。盲目だとみな思ったのです。でも、何がその身に起こったのかはわかりませんでした。私たちは、当人の要求がないかぎり、医者にも警察にも届けません。それが教義です。食事も摂《と》らず、あの人は天井だけを見つめていました。四日目の晩、様子を見に行くと、ベッドの上に起き上がっていたのです。眼が醒《さ》めたのですかと訊いたら、いきなり――」

見せてやると言った。


「へえ」

「そして、あれが起きたのです」

「ふむふむ」

と言いながら、せつらは耳を傾けた。

瑠璃は耳をつぶすように覆《おお》った。眉が寄った。閉じていた眼をさらに固く。

瑠璃の全身は激しく震えていた。超常現象ではない。恐怖のために、限界まで精神と肉体が反応しているのだった。

大きな痙攣《けいれん》が襲った。椅子《いす》まで震え出す。

「やれやれ」

せつらは立ち上がった。瑠璃に近づき、顔を寄せた。

右手を取って指先で自分の顔をなぞらせる。数秒で痙攣も止まった。

瑠璃の顔はうす紅色に染まっていた。せつらの美《び》貌《ぼう》を指先が脳へ伝え、透視能力の具体視をもたらせたのだ。

「なんて——なんて綺麗《きれい》な。こんな人間《ひと》がいるなんて……」

喘《あえ》ぎを止めようとしたが、上手《うま》くいかなかった。

「見たのですか、それを?」

とせつら。

美しい女の顔が左右にふられた。見なかったのだ。それなのに恐怖だけが残った。否《いな》、それだけではなく——

「あれ以来——私たちは全員」

瑠璃は奥のドアの方を向いて、

「いらっしゃい」

と声をかけた。

青い長衣と頭巾姿が入って来た。六人いた。瞳にせつらが映っている。

「——眼を失いました。私のものも含めて義眼です。教区長様はこのときも外出していて無事でした。気がつくと、みな視力を失っておりました。私だけが両眼を丸ごと失っていたのです」

「何も見なかったのに、どうしてです?」

同情のかけらも見せず、せつらは少し前に身を乗り出した。珍しいことだ。

「今に至るも不明です」

「いま里木氏が物を見てる眼は?」

「あれが私の眼だと思います。でなければ、この街の人間はすべて視力を失っていたでしょう」

「はあ」

と応じたとき、ひとりが、母師《ぼし》さまと声をかけて来た。

「はい」

「まだ死ねないのでしょうか?」

「まだです。自殺が禁じられているのはご存じですね?」

「——ですが、私は……、いいえ、私たちはみな、三年前に死んでいるのです。あれを見てしまったために」

「あれ?」

とせつら。

「見たものの記憶はありません。ですが、見てしまったことだけは覚えているのです。そのせいで、ここは死を求める偽《いつわ》りの死人《しびと》の家と化しました」

と瑠璃は言った。

3

生ける死者ともいうべき人々を造って里木は姿を消した。

「それきり会うこともなかったけれど、私は何とか会いたいと思っていました。眼を醒ましても、私には何も見えなかった。眼球ごと、痛みもなく盗まれていたのです」

「どうして?」

「わかりません。透視力のおかげで見るのには不自由しないのです。それでも盗まれた眼はいつか取り戻したい。彼のマンションへ向かったのもそのためです」

「それですが、どうしてあそこが彼の住まいだと?」

「彼がこの前を通りかかったのを、教団員が見つけて後をつけたのです」

暴力団員と同じだった。偶然見かけた――これでは追いかけようがない。

「これからもお捜しになるのですか?」

「はあ」

「私にも手伝わせていただけませんか?」

「駄目」

「は?」

「足手まとい」

「それは――でも、できるだけお邪魔はしないようにします」

「できるだけでは困ります」

せつらは礼を言って、外へ出た。

瑠璃は追って来た。

「気をつけて。いらっしゃる先に、銃を持った人たちがいます」

「どーも」

せつらは歩き出した。透視の忠告を気にしたふうはまるでない。


射手の指を切り落とした若者たちは、遊び仲間の復讐《リベンジ》に、全員が拳銃を手にしてもとの地点で待ち構えていた。

せつらが現われた。飄《ひょう》々《ひょう》とやって来るその姿に、全員が喘いだ。はじめて見たときから、彼らは魔法にかかっていた。それを意識せずに復讐に取りかかったのだが、魔法の効果は、彼らの脳も肉体も蝕《むしば》んでいるのだった。

「来やがったぞ」

「よっしゃ」

指を失った仲間を除く三人が、通りに一列に並んだ。

せつらは歩み続ける。五メートルまで来たとき、全員が拳銃を上げた。銃器店で買った本物もある。路上の密売屋から仕入れた安物もある。とにかく弾丸《たま》は出る。

せつらは歩み寄り、

「失礼」

と彼らの真ん中を突っ切った。三人がのいたのである。彼ら自身の意志によらぬ動きであった。

ふり返ったとき、せつらの姿は路上から消えていた。

「いい男だったなあ」

ひとりが呻いた。

「射《う》たなくてよかったぜ」

もうひとりがうなずいた。

「しかしよ、猛《たける》のやつ、危ないぜ」

と三人目が悲痛な表情になった。

「指の借りは返すって喚《わめ》いてた。あいつんち、形成外科やってたよな」

〈新宿三丁目〉の地下鉄痕を上がって、〈新宿通り〉を渡ると、奇妙に静謐《せいひつ》な一角に出る。小さな飲食店の間に古書店やポスター屋がひっそりと軒《のき》を並べ、そこを進むと広い空地が現われる。

かつて公園だった敷地に、五〇人近い男たちが二つに分かれて対峙《たいじ》していた。

どちらもこの辺《あた》りを縄張りにする暴力団「新光《しんこう》会《かい》」と「恒常会《こうじょうかい》」の面々であった。

おかしなことに、この空地だけは、〈区役所〉の土地台帳が失われ、所有者不明となっている。立地からして、催《もよお》し物をやるにはもってこいの場所だと、二つの組が目をつけ、日ごろから争いの絶えなかったものが、ついに今日、血祭り覚悟の最終決戦《ハルマゲドン》に突入したのであった。

すでにリーダーによる罵倒《ばとう》合戦も終わり、ともに武器、助《すけ》っ人《と》を集めてぶつかるだけの空間には、殺意の炎が立ちのぼり、見物人の姿もない。

どちらが咳払《せきばら》いひとつしても、たちまち射ち合い斬《き》り合いが始まるというそのとき、通りから、ひとりの男がのろのろと入り込んで来た。

「何だ、てめえは？」

「新光会」のひとりが喚いたが、足も止めずに真ん中まで来た。空地の奥に土管が何本も並んでいる。そこが目当てらしい。

「ホームレスですぜ」

「恒常会」のチンピラがリーダーに告げた。

「えーい、面倒くせえ。そいつから殺《や》っちまえ！」

とリーダーが歯を剝《む》いた。

五〇人全員の血が殺意と――恐怖でたぎっていた。この街で手に入る武器を使えば、どちらの組もまず八割は助かるまい。みな承知の上の戦いだ。その死亡率をあえて無視するのは、瀕死《ひんし》の重傷でも、或《ある》いは、死んだとしても、早急に手当てを受ければ助けてくれる医者が、この街にはいるからだ。だが、誰も失った手足や脳を人工の品に取り替えたくはないし、頭を半分失《な》くしたくもない。まともな人間の心から恐怖感が失われることは決してないのだった。

「恒常会」のひとりが日本刀を手に、侵入者の方へ歩き出した。ホームレスと言ったが、服装はまともで、髪も髯《ひげ》もさしてのびていない。その虚《うつ》ろな眼つきや動きからして、精神異常か被憑依体《ひひょういたい》かと思われた。

警告も与えず、男は刀をふりかぶった。

「何をしてる？」

不意に男が訊いた。ぼんやり、というより幽鬼《ゆうき》のような声に、刃《やいば》は空中で止まり、血に狂った全員が男を見た。

「見せてやろう」

と言った。

「何言ってやがる。この脳散《のうち》らす」

やくざはさらに激昂《げっこう》した。

ふり上げたままの刀身を一気にふり下ろす表情は狂気に満ちていた。

それは変わらなかった。

手から刀身が落ちた。

同じ音が連続した。

このとき、通りにセールスマンらしい男が通りかかった。ひと目で空地の状況を呑《の》み込んだ男は、これから起きる戦いと死に眼をかがやかせた。光はすぐに消えた。

彼が見たものは、次々に地べたへへたり込むゴロツキどもであった。

声ひとつしない。

眼の前に何かが落ちて来た。雀《すずめ》であった。それは小さな塊となって次々と続いた。

男は空地に近づき、やくざたちを見つめた。

おかしなところは何もなかった。少しぼんやりしているが、それだけだ。

だが、状況を考えれば――おかしい。

ぶつかりあう寸前――火の玉と化していたやくざ

どもが、悟《さと》り澄《す》ました修行者のような表情で、尻餅《しりもち》をついている。

奇妙な音がセールスマンの耳朶《じだ》を打った。

声だ。笑い声だった。

へへ、へへと笑い出したのだ。

それはたちまち空地を埋めた。やくざどもが無表情で笑い出したのだ。あからさまな狂気の笑い声で。

セールスマンは足下《あしもと》を見た。雀の死骸《しがい》に話しかけた。

「おまえ——何を見た？　空の上で、何を見たんだ、え？」

雀が動いた。死んではいなかったのだ。セールスマンは、その眼を見た。血が凍った。

鳥は見たのだ。見てしまったのだ。

——を。

近所の誰かがようやく警察へ連絡し、駆けつけた警官たちは、動くこともしないやくざたちをパワー・ショベルの力を借りて護送車に収容し、念のため土管の中も調べたが、何ひとつ見つけることはできなかった。


その一件から約一時間後、せつらは白い医師と、青い光に満ちた院長室で向かい合っていた。

「何を見たと思う？」

「誰も見たことがないものだ」

メフィストは即断した。

「或いは見てはならぬもの、だ。生きとし生けるもの全てが」

「ひょっとしたら」

せつらの顔も声も、いつもと変わらぬ茫洋《ぼうよう》さを保っている。

メフィストは何も言わなかった。

「その男——五年の間に何処でそれを見たか、だね」

「そうそう」

「ラザルスという名前を知っているか？」

「アンドレーエフのホラー？」

「あれは史実に基《もと》づいている」

「確かイエスの復活」

「いや、ラザルスの復活は史実なのだ。あの小説はそれを正確に再現している」

「えー？」

「西暦X年――初代ローマ皇帝ガイウス・アウグストゥスは、ローマ近郊の農家に住むラザルスなる農夫に謁見《えっけん》を許した」

メフィストの声は青い光の中に文字として刻み込まれるかのようであった。

ラザルスは、紀元前六二年に生まれ、西暦一〇年に流行《はや》り病《やまい》で亡くなった。人々が悲嘆に暮れる中、死後四日が過ぎようとする晩。彼は墓から甦《よみがえ》った。

人々の喜びは、すぐ悲嘆から恐怖へと変わった。生前の陽気で快活な性格は、四日間の死の体験がもたらすおびただしい斑点《はんてん》のある陰気な顔つきに変わり、日がな一日、食事も摂らず太陽を避け、沈む陽《ひ》にのみ両手を差しのべるという生活が続いた。

近所の人々も、親兄弟も生ける死者のようなこの男の下《もと》を離れ、彼はアバラ屋に独《ひと》りで暮らすしかなかった。

それでも訪問者は引きも切らなかった。死の世界を覗き込んだ男から、その話を聞くために、単なる物好きからローマの学者たちまでが、アバラ屋に独居するラザルスを訪ね、そして――

訪れた誰もがラザルスの前にしゃがみ込み、神妙な顔で虚ろな笑い声をたてていたという。

ある日、生きている聖者と呼ばれる人物がやって来て、

「わしは、この世で考え得るあらゆる辛苦《しんく》に耐えてきた。何も怖《おそ》れるものはない。おまえが見てきたものを是非《ぜひ》とも聞かせてくれ、と申し込んだ。彼は無事に戻った、としか記録には残っていない。聖人と

呼ばれた男の消息はそこで絶えたのだ」

「いよいよ、皇帝」

「ワクワクするかね？」

「少し」

　メフィストの冷厳《れいげん》な眼差《まなざ》しが、わずかにゆらいだ。死者すら甦らせるというこの医師にとっても、顔前の美青年が謎を秘めた——というよりよくわからない存在らしかった。

「アウグストゥスは宮殿にラザルスを招き、四月のある日に謁見に及んだという。数分後、よろめきつつ部屋を出て来た彼は、臣下に命じてラザルスの両眼をくり抜いてから村へ帰した。この件に関して、アウグストゥスの年代記作者は何も記《しる》していない。ラザルスはアバラ屋へ戻り、それから一年ほど暮らしていたが、やがて沈みゆく陽を追って何処へともなく立ち去り、二度と帰らなかった」

「悲劇だね」

「人間《ひと》の見てはならないものを見てしまったわけだ」

「しかも、他人にもおすそ分けができる」

「今のうちに捜し出さないと、次の犠牲者が出る。五〇人のやくざでは済まんぞ」

「なぜ、女性の眼を？」

「恋人のところへ戻って来たときは異常なかった」

「イェイ」

「入れ替えたのだ。他の連中のものより、その女の眼が最も適していたのだろう。この世を見るために。そのとき、彼はみなの知っている自分に戻《いた》れたのだ。だが、効果は長くは続かぬ。人間の眼は傷むからだ」

「するとまた、新しい眼を——いいや」

　茫洋たる否定に潜む途方もない恐怖を、白い医師だけは感じ取れたのかもしれない。

「ラザルスは、この世に戻ってからずっと狂人だった。それはこの世を見るための眼を持たなかったからだ。だが、それが普通なのだ。死の世界を覗いたものにとっては」

「里木もじきに？」

「そうなる。しかも、伝播力《でんぱりょく》はラザルスの比ではない。秋くん、彼は核爆弾や大津波――あらゆる死の感染症に勝る危険物なのだ」

「おかしくなった連中の治療は？」

「現時点では不可能だ」

「わあ」

「問題はそれだけではない」

「ひょっとして――彼に見せられた連中も？」

「うちの看護師も三人やられた。全員隔離したが」

「――したが？」

せつらは溜息《ためいき》をついた。

「治療法が見つからねば、永久に隔離は続くだろう」

「藪《やぶ》」

4

高尾洋子《たかおようこ》は、母と一緒に早朝、〈区役所〉へやって来た。ロビーで待っているように告げて母は姿を消した。

人ばかり多いロビーにはすぐ飽《あ》きた。

玄関を出て、洋子は裏へ廻《まわ》った。

裏庭にもチラホラ人影が見えたが、気にせず見物しはじめた。

右方の植込みに男がうずくまっていた。

両親からは注意を受けていたが、洋子は苦しんでいるふうな人物を放っておけない性格であった。

人影は中年の男であった。ホームレスかと思ったが、身なりは普通だし、顔も手も汚れてはいない。

「小父《おじ》さん、どうしたの？」

と訊いてみた。

返事はない。男はじっと足下を見つめている。

「お医者さん呼んでこようか?」

　無言の続行に、呼んで来ます、と告げた。洋子は背を向けた。手首が摑まれた。

「大丈夫だよ、お嬢ちゃん」

　穏やかな声が、摑まれた恐怖を消した。

「どこも悪くないんだ。放っておいて大丈夫」

「でも——心配だから。小父さん、顔色悪いよ」

　男は声を出して笑った。

「生まれつき——じゃないな。多分、五年前からだ」

「へえ」

「もうお行き」

「でもお」

　男はまた笑った。

「君は優しい子だな。小父さんも行くよ」

「〈区役所〉に御用なの?」

「そうだ。バイバイ」

　片手を上げて別れを告げた男へ、少女はこう話しかけた。

「あたしのパパも五年前にいなくなっちゃったの」

　男は踏み出そうとしていた足を止めて、改めて小さな姿を見下ろした。

「どうかしたのかね?」

「わかんない。まだ帰って来てないの。だから、あたしもママも元気で待ってなきゃいけないんだ。パパが帰って来たときに、あたしたちが死んでたりしたら泣いちゃうかもしれないでしょ」

　返事は少し遅れた。

「——そう、だね。そのとおりだ」

　男は歩き出した。

「それじゃ、反対だよ。外行っちゃうよ」

　男はまた片手を上げてから、歩き出した。

　少女はふり返った。名前を呼ばれたのだ。母親が駆けつけて来た。

「何してたの、あの人は誰?」

　母親の表情には怒りが漲《みなぎ》っていた。

「知らない小父さん。ここにいたの」

「じゃあ、ホームレスね」

「…………」

「駄目よ、この街は何が起きるかわからないんだから、あんな汚らしい、得体《えたい》の知れない男と話したら駄目なのよ」

「そんなことないよ。いい人だよ」

「そんなこと――」

と男の方を見た母親の顔つきが変わった。男が立ち止まり、こちらを向いていた。

「な……なによ？」

母の抗議に怯《おび》えを混ぜたのは、男の眼であった。洋子なら、自分のときとは違う眼だ、と見破ったかもしれない。


〈歌舞伎町《かぶきちょう》〉で聞き込みを続けていたせつらへ、メフィストから連絡が入ったのは、それから一〇分と経たないときだった。


〈メフィスト病院〉でせつらを見た少女はひと目で魔法にかかった。

母親は緊急治療室《ER》で、院長の診察を受けていた。

「その男《ひと》が何かしたの？」

のんびりした声が、少女を落ち着かせた。母がへたり込んでから、駆けつけて来た警備員も〈救命車〉の隊員も、少女をすくみ上がらせるような口調だったのだ。

「ううん、ママの方見て、すぐに行っちゃった。何もしなかったの。本当よ」

「その小父さんは何処へ行ったのかな？」

「ママがあんなふうになったから、あたし泣き出しちゃったの。そしたら、小父さんが戻って来て、こう言ったの」

「ほう」

「ごめんね、小父さんも家へ帰るよ、って」

「ほう」

少女の頭をひとつ撫《な》でて、せつらは〈病院〉を離れた。行く先だけは決まっていた。

昨日の喪神《そうしん》事件は、内田雪江の下にも届いていた。

里木の仕業《しわざ》だと直感した途端、雪江の時間は不安の虫に食いちぎられはじめた。

もし、彼が逮捕されたら、絶対に自分の名前が出る。警察も事情聴取に来るだろうし、マスコミも押しかける。その辺は〈区外〉と少しも変わらない。

夫は金融会社のリーマンだ。融通《ゆうずう》は利《き》かないが、雪江には優しいし、定収があるのが何よりだった。それだけに、TV局や新聞が押しかけたら、家庭は崩壊に見舞われるとわかっていた。信用命《いのち》の金融機関が、奇怪な事件の容疑者と関係がある社員とその妻を放置しておくはずがない。悪くすれば馘首《かくしゅ》だ。それだけは避けたかった。

スーパーへの買物の途中、家へ電話して、里木関係の電話が入っていないのを確かめた。夫は会社だが、夫の母が遊びに来ていた。

買物を済ませ、マンション前の公園へ差しかかった。

ベンチに母がかけていた。じっと前方を見つめている。身じろぎひとつせず。虚空《こくう》の一点に視線を当てている姿に、不気味なものを感じた雪江は、二メートルほどの距離を残して立ち止まった。

義母《かあ》さん、と呼んでみた。

無反応である。大きく息を吸ってから、思いきり長く吐いて、雪江は呼吸を整えた。

肩に手をかけた。あたたかい。ひと息ついて、前へ廻った。

喉を調整し、悲鳴を上げるのに、数秒かかった。数歩退《しりぞ》いたとき、肩に手が置かれた。

「……里……木……さん？」

声はがくがくと鳴った。

「そうだ。戻って来た。——ふり向くな！」

肩にかけられた力が、雪江の動きを止めた。

「その人をやってしまった。おかげで、今は、元通りのおれだ。だが、――じきにおかしくなる。そうなったら、この街も世界もおしまいだ」

「里木さん……いったい……」

「おれは、あれを見てしまったんだ。今の今まで、世界中で目撃したという奴は山ほどいる。だけど――どれも嘘《うそ》っ八《ぱち》だ。そんなもんじゃない。ラザルスは正しかったんだ」

「………」

「おれはもう眼を入れ替えた。ふり向くな！　おれがおまえを見たらおしまいだぞ！」

「あなたはどうする気なの？」

「今のおれにはわからない。だけど、ぼんやりしはじめたときの感じだと――まず〈新宿〉を、次に世界を破滅させちまうつもりらしい」

「あなたがするんじゃないの？」

「おれにそんな度胸はないよ。何かおかしなものが唆《そそのか》すってんでもない。おれには理解できないものが――何もかも壊してしまえと思ってるものが、おれを衝《つ》き動かしてるんだ」

「抑《おさ》えてよ、抑えて」

「駄目なんだ。抑えきれない。ひょっとしたら――」

「え？」

「この世界は間違っているのかもしれない。おれたちはみんな、心の深い深いところでそれに気がついてるんだ。そして、おれみたいに、時たま、あれを見てしまったやつだけが、間違いを正そうと――」

「やめて」

雪江は、里木の手をふりほどいて、後ろを向いた。

里木の顔は見えなかった。彼はのけぞっていた。彼から離れると、義母がかけたベンチの前に、二つの人影が立っていた。

この凄まじい状況で、雪江はめまいを覚えた。

「秋――さん」

その左隣で青い頭巾の女がなにやら唱《とな》えている。はじめて、雪江の部屋へやって来たときのように。

「秋さん――眼を」

女が決意で固めた声をふり絞った。

里木が片手で眼を押さえた。

「見えない――何も見えない」

「縫った」

と秋せつらが言った。一〇〇〇分の一ミクロン――不可視と重さなしを併《あわ》せ持った妖糸は、里木の瞼《まぶた》の肉を縫い合わせてのけたのだ。

「見えるのは、ひとりだけ」

せつらの声は、この件の終わりを告げているようであった。

「どうします?」

せつらが雪江に訊いた。

「本来の仕事はここまでです」

「どうしたらいいと思って?」

「〈メフィスト病院〉」

「そうだわ。あそこへ!」

「いけません!」

瑠璃が叫んだ。

「これ以上、彼をこの世界に存在させてはいけません。今ここで処断します」

「やめて」

「秋さん、彼を縛《しば》って。眼を取り替えます」

雪江はせつらに向かって、

「やめさせて! 私が依頼主よ。眼を抜くなんてさせないで!」

「もとはこの女性《ひと》の眼です」

「でも」

瑠璃は音もなく里木に近づいた。

苦痛に歪んだ里木の顔が、にっと笑った。

次の瞬間――その両眼は開いていた。せつらの糸を無効とする力が働いたのだ。

せつらがすっと身を屈《かが》めた。

背後で銃声が轟《とどろ》いた。

瑠璃と雪江が立ちすくんだ。

里木の眉間《みけん》に小さな穴が開き、それからは想像もできぬ大量の脳漿《のうしょう》と血が後頭部から噴出した。

「どーも」

「いいえ」

せつらと瑠璃の会話であった。

せつらの背後で、もう一度銃声が上がった。悲鳴が混じっていた。公園の前の通りの向こうで、ライフルを構えた若者の首が血の噴水を上げつつ宙に躍《おど》った。せつらに指を落とされた若者――猛であった。ずっとつけ狙《ねら》っていたのだ。だが、せつらは身を屈めてやり過ごし、必殺の一弾は里木の眉間を射ち抜いた。せつらの〝守り糸〟が及ばぬ距離からの狙撃だったのか。確かにせつらは瑠璃に礼を言った。瑠璃の透視能力が、若者の存在を伝えたのか。だが、せつらの妖糸はその刹那《せつな》に若者を斃《たお》していたはずだ。代わりに彼は身を屈め、弾丸は――

「残念」

せつらは、立ちすくむ雪江に言った。雪江は答えなかった。せつらへの依頼は、里木を捜す――それだけだった。いま叶《かな》えられた。生と死は依頼の外《ほか》であった。

せつらと瑠璃が里木に近づいた。

あと一メートルもないところで、不意にジャンプをした者がいた。里木であった。

立ち上がった彼は、

「見るか？」

と右手で両眼を指さした。脳を破壊された死体の行為ではあり得なかった。

運命の一瞬であった。

「おや？」

せつらの眼尻《まなじり》が少し上がった。彼は妖糸の一閃《いっせん》で、里木の上げた右の肘からその両眼まで切断したのである。

しかし、血は流れず、里木は右の手を眼の下に当てると、頭を上下にひとふりした。

手の平に眼球が落ちた。

生の眼球ではなく義眼を思わせる硬さがあった。

「返す」

と里木は言った。

瑠璃が受け取り、

「私の眼に間違いありません」

と言った。

「どうして替えた？」

とせつらが訊いた。

「わからない」

「君の眼は？」

里木は右手を上衣のポケットに入れた。

すぐに出した。何も摑んでいなかった。ベンチへ眼をやり、

「そこの小母《おば》さんを見た後で――放り投げた」

「やれやれ」

せつらがつぶやくと同時に、里木の右手は肘から落ち、朱の一線が両眼を真横に切り抜いた。


「世界を救ったけど――厄介《やっかい》なことを」

せつらのつぶやきに、瑠璃はうなずいた。

その横に立つ雪江の両眼から、涙が流れはじめていた。

公園の出入口から、おーいと呼ぶ声がした。雪江とつけ加えられた。夫が帰って来たのだった。

「五年間――何してたのかしら？」

雪江は虚ろな声で言った。


三日後、〈住吉町《すみよしちょう》〉の公園で、砂場にいた男の子が二人、妙な物を見つけた。

「何だ、これ！」

とひとりが手の中のものを見せ、もうひとりが、知らないのか？　と小莫迦にしたような口調で、

「眼の玉じゃん」

と答えた。

本書は書下ろしです。

あとがき

「恐るべき感染症が大好きとは、どういうことですか？　辞任しなさい、大統領」
ある議員

「べーだ。私は新型の車が気に入ったと言っただけだ。辞任なんかしないよ〜〜」
トランプ大統領

（編集部注・フィクションであり実在の人物、商品名とは一切関係ありません）

まるでお笑いだが、世間はコロナで大騒ぎである。真っ先の犠牲者が志村《しむら》けんだという大ショックが、必要以上の不安を植えつけた気がしないでもない。

外出自粛《じしゆく》、外で騒ぐな、飲み屋も行くな、カラオケもよしなさい、キャバクラもフーゾクも駄目駄目《だめだめ》。女性都知事は大奮闘である。呼び込みに乗るな、フーゾクはやめて、早くお家《うち》へ帰りましょ――とアナウンスしてたお巡《まわ》りさん、あまり気が入ってないよな。

しかし、私には違和感のない宣言だ。外へ出るな、人のいるところへ行くな、裸のおネーちゃんとイチャつくな――私の毎日はこれである。同意する方々も多いことだろう。

〈魔界都市〉では、まだウイルスによる惨劇は起こっていないが、その分、奇妙な――それでいて世界破滅につながる出来事は、ほとんど毎日生じている。

秋《あき》せつらとドクター・メフィストがいなければ、世界はとうの昔に滅《ほろ》んでいるだろう。

このところやむを得ず、十日に一度くらい青山《あおやま》の歯科医に出かけている。歯の痛みだけは市販の鎮痛薬では如何《いかん》ともし難《がた》いのだ。

〈青山通り〉の人影は少ないのに、少しも寂寥《せきりょう》感はない。車の往来がひっきりなしだからだろう。

これがなくなると、R・マシスン原作、ヴィンセント・プライス主演、シドニー・サルコウ監督の「地球最後の男《The Last Man on Earth》」（’64）そのままである。吸血バチルス（ウイルス）の蔓延《まんえん》によって、自分以外の全人類が吸血鬼化した世界で、昼のあいだ彼らの心臓に杭《くい》を打ち込んで廻《まわ》る、なんとも虚《むな》しい男を描いた作品で、後《のち》にチャールトン・ヘストン主演の「地球最後の男オメガマン」（’71）、ウィル・スミス主演の「アイ・アム・レジェンド」（’07）と二度リメイクされた、本邦《ほんぽう》劇場未公開の名作だ。

　通りを歩きながら、

「ああなったら堪《たま》らんなあ」

　とつぶやきつつ
「ああなったら面白いなあ」

と密《ひそ》かに思わないこともなかった。

　吸血鬼たちは夜になると動き出すため、主人公は、その間、籠城《ろうじょう》作戦を取らざるを得ない。

　これが昼も夜もとなると、ジョージ・A・ロメロの「ゾンビ」('78) の世界がやって来る。

　周囲をゾンビに囲まれながら、避難したショッピング・センターで好きなように暮らし続ける人々の生活は、ある意味、私の理想なのであった。時々、遊び半分にゾンビどもを射《う》ち殺すのも楽しそうだ。

　しかし、この伝でいくと、私は作家になってから、今の今まで理想に近い生活を送っていたことになるな。やっと気がついたわい。

無論《むろん》、せつらやメフィストはそうはいかない。今日も〈新宿〉で活躍中である。
引き籠《こ》もりが書いた縦横《じゅうおう》無尽《むじん》のアクションを、どうぞお楽しみください。

二〇二〇年四月十一日（土）
「ダイアリー・オブ・ザ・デッド」（'07）
を観《み》ながら。

菊地秀行

ノン・ノベル百字書評

キリトリ線

魔界都市ブルース　影身の章

なぜ本書をお買いになりましたか（新聞、雑誌名を記入するか、あるいは○をつけてください）

- □ （　　　　　　　　　　）の広告を見て
- □ （　　　　　　　　　　）の書評を見て
- □ 知人のすすめで
- □ タイトルに惹かれて
- □ カバーがよかったから
- □ 内容が面白そうだから
- □ 好きな作家だから
- □ 好きな分野の本だから

いつもどんな本を好んで読まれますか（あてはまるものに○をつけてください）

●**小説**　推理　伝奇　アクション　官能　冒険　ユーモア　時代・歴史　恋愛　ホラー　その他（具体的に　　　　　　　）

●**小説以外**　エッセイ　手記　実用書　評伝　ビジネス書　歴史読物　ルポ　その他（具体的に　　　　　　　）

その他この本についてご意見がありましたらお書きください

最近、印象に残った本をお書きください		ノン・ノベルで読みたい作家をお書きください	

1カ月に何冊本を読みますか	冊	1カ月に本代をいくら使いますか	円	よく読む雑誌は何ですか	

住所					
氏名		職業		年齢	

あなたにお願い

この本をお読みになって、どんな感想をお持ちでしょうか。

この「百字書評」とアンケートを私までいただけたらありがたく存じます。個人名を識別できない形で処理したうえで、今後の企画の参考にさせていただくほか、作者に提供することがあります。

あなたの「百字書評」は新聞・雑誌などを通じて紹介させていただくことがあります。その場合はお礼として、特製図書カードを差しあげます。

前ページの原稿用紙（コピーしたものでも構いません）に書評をお書きのうえ、このページを切り取り、左記へお送りください。祥伝社ホームページからも書き込めます。

〒一〇一－八七〇一
東京都千代田区神田神保町三－三
祥伝社
NON NOVEL編集長　金野裕子
☎〇三（三二六五）二〇八〇
www.shodensha.co.jp/bookreview

NON NOVEL

「ノン・ノベル」創刊にあたって

「ノン・ブック」が生まれてから二年一カ月、ここに姉妹シリーズ「ノン・ノベル」を世に問います。

「ノン・ブック」は既成の価値に〝否定《ノン》〟を発し、人間の明日をささえる新しい喜びを模索するノンフィクションのシリーズです。

「ノン・ノベル」もまた、小説《フィクション》を通して、新しい価値を探っていきたい。小説の〝おもしろさ〟とは、世の動きにつれてつねに変化し、新しく発見されてゆくものだと思います。

わが「ノン・ノベル」は、この新しい〝おもしろさ〟発見の営みに全力を傾けます。

ぜひ、あなたのご感想、ご批判をお寄せください。

昭和四十八年一月十五日

NON・NOVEL編集部

NON・NOVEL —1050

超《スーパー》伝奇小説

マン・サーチャー・シリーズ⑯　**魔界都市《まかいとし》ブルース　影身《うつしみ》の章《しょう》**

令和2年5月20日　初版第1刷発行

著　者　菊《きく》地《ち》秀《ひで》行《ゆき》

発行者　辻　浩　明

発行所　祥《しょう》伝《でん》社《しゃ》

〒101-8701

東京都千代田区神田神保町 3-3

☎ 03(3265)2081(販売部)

☎ 03(3265)2080(編集部)

☎ 03(3265)3622(業務部)

印　刷　萩　原　印　刷

製　本　ナショナル製本

ISBN978-4-396-21050-2　C0293

Printed in Japan

祥伝社のホームページ・www.shodensha.co.jp

サイコダイバー・シリーズ
魔獣狩り 新装版　夢枕 獏

長編超伝奇小説 新装版
魔獣狩り外伝 聖母隠陀羅・美空曼陀羅　夢枕 獏

長編超伝奇小説 新装版
新・魔獣狩り序曲 魍魎の女王　夢枕 獏

サイコダイバー・シリーズ⑬～㉕
新・魔獣狩り〈全十三巻〉　夢枕 獏

マン・サーチャー・シリーズ
魔界都市ブルース〈愁鬼の章〉　菊地秀行

マン・サーチャー・シリーズ
魔界都市ブルース〈幻舞の章〉　菊地秀行

マン・サーチャー・シリーズ
魔界都市ブルース〈恋獄の章〉　菊地秀行

マン・サーチャー・シリーズ
魔界都市ブルース〈愁哭の章〉　菊地秀行

マン・サーチャー・シリーズ
魔界都市ブルース〈鬼郷の章〉　菊地秀行

マン・サーチャー・シリーズ
魔界都市ブルース〈霧幻の章〉　菊地秀行

マン・サーチャー・シリーズ
魔界都市ブルース〈愁歌の章〉　菊地秀行

マン・サーチャー・シリーズ
魔界都市ブルース〈影身の章〉　菊地秀行

魔界都市ブルース
青春鬼　菊地秀行

魔界都市ブルース
闇の恋歌　菊地秀行

魔界都市ブルース
青春鬼 夏の羅刹　菊地秀行

魔界都市ブルース
妖婚宮　菊地秀行

魔界都市ブルース
〈魔法街〉戦譜　菊地秀行

魔界都市ブルース
狂絵師サガン　菊地秀行

魔界都市ブルース
美女祭綺譚　菊地秀行

魔界都市ブルース
虚影神　菊地秀行

魔界都市ブルース
屍皇帝《しこうてい》　菊地秀行

魔界都市ブルース
〈魔界〉選挙戦　菊地秀行

魔界都市ブルース
〈新宿〉怪造記　菊地秀行

魔界都市ブルース
ゴルゴダ騎兵団　菊地秀行

魔界都市ブルース
黒魔孔《こくまこう》　菊地秀行

魔界都市ブルース
餓獣の牙　菊地秀行

魔界都市ブルース
傭兵《ようへい》戦線　菊地秀行

魔界都市ブルース
幻視人《げんしびと》　菊地秀行

魔界都市ブルース
紅《くれない》の女王　菊地秀行

魔界都市ブルース
闇鬼刃《あんきじん》　菊地秀行

長編超伝奇小説
ドクター・メフィスト 夜怪公子《やかいこうし》　菊地秀行

長編超伝奇小説
ドクター・メフィスト 若き魔道士　菊地秀行

NON NOVEL

長編超伝奇小説 ドクター・メフィスト 瑠《る》璃《り》魔《ま》殿《でん》 菊地秀行
長編超伝奇小説 ドクター・メフィスト 妖獣師ミダイ 菊地秀行
長編超伝奇小説 ドクター・メフィスト 不死鳥街 菊地秀行
長編超伝奇小説 ドクター・メフィスト 消滅の鎧《アーマー》 菊地秀行
魔界都市迷宮録 ラビリンス・ドール 菊地秀行
魔界都市プロムナール 夜《や》香《こう》抄《しょう》 菊地秀行
魔界都市ノワール 魔香録 菊地秀行
魔界都市ノワール 兇月面 菊地秀行

魔界都市アラベスク 邪界戦線 菊地秀行
魔界都市ヴィジトゥール 幻工師ギリス 菊地秀行
長編超伝奇小説 魔海船〈全三巻〉 菊地秀行
退《たい》魔《ま》針《しん》 鬼獣戦線 菊地秀行
退魔針 紅虫魔殺行 菊地秀行
新バイオニック・ソルジャー・シリーズ 新・魔界行〈全三巻〉 菊地秀行
長編新伝奇小説 夜光曲 薬師寺涼子の怪奇事件簿 田中芳樹
長編新伝奇小説 水妖日にご用心 薬師寺涼子の怪奇事件簿 田中芳樹

長編新伝奇小説 海から何かがやってくる 薬師寺涼子の怪奇事件簿 田中芳樹
長編新伝奇小説 白《びゃく》魔《ま》のクリスマス 薬師寺涼子の怪奇事件簿 田中芳樹
連作小説 厭な小説 京極夏彦
長編新伝奇小説 ソウルドロップの幽体研究 上遠《かど》野《の》浩平
長編新伝奇小説 メモリアノイズの流転現象 上遠野浩平
長編新伝奇小説 メイズプリズンの迷宮回帰 上遠野浩平
長編新伝奇小説 トポロシャドゥの喪失証明 上遠野浩平
長編新伝奇小説 クリプトマスクの擬死工作 上遠野浩平

長編新伝奇小説 アウトギャップの無限試算 上遠野浩平
長編新伝奇小説 コギトピノキオの遠隔思考 上遠野浩平
魔大陸の鷹 熱《ねつ》沙《さ》奇《き》巌《がん》城《じょう》 赤城 毅
魔大陸の鷹 氷海の狼火 赤城 毅
魔大陸の鷹 燃える地平線 赤城 毅
長編冒険スリラー オフィス・ファントム〈全三巻〉 赤城 毅
長編本格推理 奇動捜査 ウルフォース 霞《かすみ》 流一《りゅういち》
推理アンソロジー まほろ市の殺人 有栖川有栖他

長編推理小説 十津川班捜査行 湘南情死行 西村京太郎

長編推理小説 近鉄特急 伊勢志摩ライナーの罠 西村京太郎

長編推理小説 十津川班捜査行 わが愛 知床に消えた女 西村京太郎

長編推理小説 十津川警部捜査行 外国人墓地を見て死ね 西村京太郎

トラベル・ミステリー 十津川警部捜査行 宮古《みやこ》行「快速リアス」殺人事件 西村京太郎

長編推理小説 生死を分ける転車台 天竜浜名湖鉄道の殺意 西村京太郎

トラベル・ミステリー 十津川警部捜査行 カシオペアスイートの客 西村京太郎

長編推理小説 十津川警部捜査行 SL「貴婦人号」の犯罪 西村京太郎

トラベル・ミステリー 十津川直子の事件簿 西村京太郎

長編推理小説 九州新幹線マイナス1 西村京太郎

トラベル・ミステリー 十津川警部 怪しい証言 西村京太郎

長編推理小説 十津川警部 哀しみの吾妻《あがつま》線 西村京太郎

推理小説 十津川警部 悪女 西村京太郎

長編推理小説 十津川警部 七十年後の殺人 西村京太郎

トラベル・ミステリー 十津川警部 裏切りの駅 西村京太郎

長編推理小説 十津川警部 絹の遺産と上信電鉄 西村京太郎

長編推理小説 十津川警部 わが愛する犬吠の海 西村京太郎

長編推理小説 十津川警部 予土線《ローカル》に殺意が走る 西村京太郎

長編推理小説 十津川警部 路面電車と坂本龍馬 西村京太郎

長編推理小説 十津川警部シリーズ 阪急電鉄殺人事件 西村京太郎

長編本格推理小説 鯨の哭《な》く海 内田康夫

長編推理小説 棄霊島《きれいじま》 上下 内田康夫

長編推理小説 還《かえ》らざる道 内田康夫

長編推理小説 汚《よご》れちまった道 内田康夫

長編旅情推理 釧路川殺人事件 梓林太郎

長編旅情推理 笛吹川殺人事件 梓林太郎

長編旅情推理 紀の川殺人事件 梓林太郎

長編旅情推理 京都 保津川殺人事件 梓林太郎

長編旅情推理 京都 鴨川殺人事件 梓林太郎

長編旅情推理 日光 鬼怒川殺人事件 梓林太郎

長編旅情推理 神田川殺人事件 梓林太郎

長編旅情推理 金沢 男川女川殺人事件 梓林太郎

NON NOVEL

長編旅情推理 安芸広島 水の都の殺人 梓林太郎

長編旅情推理 博多 那珂川《なかがわ》殺人事件 梓林太郎

長編旅情推理 倉敷 高梁川《たかはしがわ》の殺意 梓林太郎

長編旅情推理 木曽川 哀しみの殺人連鎖 梓林太郎

長編推理小説 歌舞伎町謀殺 顔のない刑事・刺青捜査 太田蘭三

長編推理小説 京都鞍馬《くらま》街道殺人事件 木谷恭介

本格推理コレクション しらみつぶしの時計 法月綸太郎

長編本格推理 藍《あい》の悲劇 太田忠司

長編本格推理 男爵《バロン》最後の事件 太田忠司

長編ミステリー 幻影のマイコ 太田忠司

長編ミステリー 警視庁幽霊係 天野頌子《しょうこ》

連作ミステリー 少女漫画家が猫を飼う理由《わけ》 警視庁幽霊係 天野頌子

連作ミステリー 紳士のためのエステ入門 警視庁幽霊係 天野頌子

長編ミステリー 警視庁幽霊係と人形の呪い 天野頌子

長編ミステリー 警視庁幽霊係の災難 天野頌子

長編本格推理 扉は閉ざされたまま 石持《いしもち》浅海《あさみ》

長編本格推理 君の望む死に方 石持浅海

長編本格推理 彼女が追ってくる 石持浅海

本格推理小説 わたしたちが少女と呼ばれていた頃 石持浅海

長編本格推理 賛美せよ、と成功は言った 石持浅海

サイコセラピスト探偵・波田煌子 蒼い月 なみだ事件簿にさようなら! 鯨統一郎

長編本格歴史推理 親鸞《しんらん》の不在証明 鯨統一郎

本格歴史推理 空海 七つの奇蹟 鯨統一郎

天才・龍之介がゆく! 人質ゲーム、オセロ式 柄刀《つかとう》 一《はじめ》

天才・龍之介がゆく! UFOの捕まえ方 柄刀 一

天才・龍之介がゆく! 消滅島 RPGマーダー 柄刀 一

長編サスペンス 陽気なギャングが地球を回す 伊坂幸太郎

長編サスペンス 陽気なギャングの日常と襲撃 伊坂幸太郎

長編サスペンス 陽気なギャングは三つ数えろ 伊坂幸太郎